雅典文化

我的菜日文

生活會話篇

雅典日研所 企編

+ MP3
附50音發音表

No.1

不必背文法 **立即開口說日語**
本書提供超強中文發音 輔助
協助您用最快速的方式
成為日語會話通

我的菜日文：生活會話篇／雅典日研所 企編.-- 初版.
--新北市 ： 雅典文化，民 100.09
面； 公分.--（全民學日語：12）
ISBN⊙978-986-6282-40-9（平裝）
1. 日語　　2. 讀本
803.18　　　　　　　　　　　　　　　100008748

全民學日語系列：12

我的菜日文：生活會話篇

企　　編｜雅典日研所

出 版 者｜雅典文化事業有限公司

登 記 證｜局版北市業字第五七○號

執行編輯｜許惠萍

編 輯 部｜22103 新北市汐止區大同路三段 194 號 9 樓之 1

　　　　　TEL ／(02)86473663

　　　　　FAX ／(02)86473660

法律顧問｜中天國際法律事務所 涂成樞律師、周金成律師

總 經 銷｜永續圖書有限公司

　　　　　22103 新北市汐止區大同路三段 194 號 9 樓之 1

　　　　　E-mail: yungjiuh@ms45.hinet.net

　　　　　網站：www.foreverbooks.com.tw

　　　　　郵撥：18669219

　　　　　TEL ／(02)86473663

　　　　　FAX ／(02)86473660

出 版 日｜2011 年 09 月

50音基本發音表

清音

あ ア	い イ	う ウ	え エ	お オ
阿	衣	烏	せ	歐
a	i	u	e	o
か カ	き キ	く ク	け ケ	こ コ
咖	key	哭	開	口
ka	ki	ku	ke	ko
さ サ	し シ	す ス	せ セ	そ ソ
撒	吸	思	誰	搜
sa	shi	su	se	so
た タ	ち チ	つ ツ	て テ	と ト
他	漆	此	貼	偷
ta	chi	tsu	te	to
な ナ	に ニ	ぬ ヌ	ね ネ	の ノ
拿	你	奴	內	no
na	ni	nu	ne	no
は ハ	ひ ヒ	ふ フ	へ ヘ	ほ ホ
哈	he	夫	嘿	吼
ha	hi	fu	he	ho
ま マ	み ミ	む ム	め メ	も モ
媽	咪	母	妹	謀
ma	mi	mu	me	mo
や ヤ		ゆ ユ		よ ヨ
呀		瘀		優
ya		yu		yo
ら ラ	り リ	る ル	れ レ	ろ ロ
啦	喱	嚕	勒	摟
ra	ri	ru	re	ro
わ ワ		を ヲ		ん ン
哇		喔		嗯
wa		o		n

濁音、半濁音

が ガ	ぎ ギ	ぐ グ	げ ゲ	ご ゴ
嘎	個衣	古	給	狗
ga	gi	gu	ge	go
ざ ザ	じ ジ	ず ズ	ぜ ゼ	ぞ ゾ
紫	基	資	賊	走
za	ji	zu	ze	zo
だ ダ	ぢ ヂ	づ ヅ	で デ	ど ド
搭	基	資	爹	兜
da	ji	zu	de	do
ば バ	び ビ	ぶ ブ	べ ベ	ぼ ボ
巴	逼	捕	背	玻
ba	bi	bu	be	bo
ぱ パ	ぴ ピ	ぷ プ	ぺ ペ	ぽ ポ
趴	披	撲	呸	剖
pa	pi	pu	pe	po

拗音   track 004

きゃ キャ	きゅ キュ	きょ キョ
克呀	Q	克優
kya	kyu	kyo
しゃ シャ	しゅ シュ	しょ ショ
瞎	嘘	休
sha	shu	sho
ちゃ チャ	ちゅ チュ	ちょ チョ
搶	去	秋
cha	chu	cho
にゃ ニャ	にゅ ニュ	にょ ニョ
娘	女	妞
nya	nyu	nyo
ひゃ ヒャ	ひゅ ヒュ	ひょ ヒョ
合呀	合瘀	合優
hya	hyu	hyo
みゃ ミャ	みゅ ミュ	みょ ミョ
咪呀	咪瘀	咪優
mya	myu	myo
りゃ リャ	りゅ リュ	りょ リョ
力呀	驢	溜
rya	ryu	ryo

ぎゃ ギャ	ぎゅ ギュ	ぎょ ギョ
哥呀	哥瘀	哥優
gya	gyu	gyo
じゃ ジャ	じゅ ジュ	じょ ジョ
加	居	糾
ja	ju	Jo
ぢゃ ヂャ	ぢゅ ヂュ	ぢょ ヂョ
加	居	糾
ja	ju	jo
びゃ ビャ	びゅ ビュ	びょ ビョ
逼呀	逼瘀	逼優
bya	byu	byo
ぴゃ ピャ	ぴゅ ピュ	ぴょ ピョ
披呀	披瘀	披優
pya	pyu	pyo

序　言

想要輕鬆學會日語，
最重要的就是「開口說」。

　　許多日語學習都最大的煩惱，就是學了日語，卻沒有辦法在實際生活中運用。本書特別使用中文式發音學習法，列出日常生活中出現頻率最高的會話短句，協助您順利開口說日語。

　　本書中，在介紹常用短句的同時，也列出了相關的實用會話和應用句，讓您可以擁有更充足的短句、會話資料庫。在「說明」單元中，也會詳細說明該短句使用的時機，以及日本相關的風俗民情。只要將它隨身攜帶，不但可以隨時學習，還能查詢、練習會話。

　　對照書中的中文式發音，再配合本書所附的MP3，讀者可以快速掌握發音技巧，並加強日語發音的正確性，不怕出現發音錯誤的窘況。

　　依照本書反覆閱讀、勇於開口練習，相信日語程度不需多久必能有長足的進步。

範 例

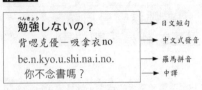

^{べんきょう}
勉強しないの？ ──► 日文短句

背嗯克優─吸拿衣no ──► 中文式發音

be.n.kyo.u.shi.na.i.no. ──► 羅馬拼音

你不念書嗎？ ──► 中譯

「中文式發音」特殊符號

　　"─"表示「長音」，前面的音拉長一拍，再發下一個音。

　　"‧"表示「促音」，稍停頓半拍後再發下一個音。

日常禮儀篇

すみません。 019

ごめん。 021

申し訳ありません。 023

構わない。 025

ありがとう。 027

どういたしまして。 030

どうぞ。 032

どうも。 034

先日は(どうも)。 035

こんにちは。 037

おはよう。 038

おやすみ。 040

お元気ですか？ 041

行ってきます。 043

行ってらっしゃい。 044

ただいま。 046

お帰り。 047

お久しぶりです。 049

じゃ、また。 050

さよなら。 052

失礼します。 053

気をつけてね。 054

お大事に。 056

よろしく。 058

お疲れ様。 060

いらっしゃい。 062

どうもご親切に。 064

恐れ入ります。 066

結構です。 068

遠慮しないで。 069

お待たせ。 071

とんでもない。 072

いただきます。 074

もしもし。 076

よい一日を。 077

おかげさまで。 079

發問徵詢篇

ここに座ってもいいですか？ 081

しなければなりませんか？ 084

これは何ですか？ 086

駅はどこですか？ 088

ちょっといいですか？ 090

どうしましたか？ 092

これ、いくらですか？ 094

お勧めは何ですか？ 096

何をしているんですか？ 097

何時ですか？ 098

いつ？ 100

本当ですか？ 101

うそでしょう？ 102

何？ 104
<small>なに</small>

ありませんか？ 106

どんな？ 107

どういうこと？ 108

どうして？ 109

何ですか？ 110
<small>なん</small>

どういう意味？ 111
<small>い み</small>

どうすればいいですか？ 112

何と言いますか？ 114
<small>なん い</small>

誰？ 115
<small>だれ</small>

食べたことがありますか？ 116
<small>た</small>

いかがですか？ 118

空いていますか？ 119
<small>あ</small>

何を考えていますか？ 121
<small>なに かんが</small>

どう思いますか？ 123
<small>おも</small>

請求協助篇

お願い。 126
<small>ねが</small>

手伝ってください。 128
<small>て つだ</small>

これください。 130

待って。 131
<small>ま</small>

許してください。 133
<small>ゆる</small>

来てください。 135
<small>き</small>

もう一度。 136
<small>いち ど</small>

助けてください。 138
<small>たす</small>

教えてください。 139

休ませていただけませんか？ 141

もらえませんか？ 144

くれない？ 145

ちょっとお伺いしたいんですが。 146

個人喜好篇

いいです。 149

よくない。 150

上手。 151

下手。 152

苦手。 153

好きです。 154

嫌いです。 156

気に入ってます。 157

開心感嘆篇

やった！ 160

すごい。 162

さすが。 164

よかった。 166

おめでとう。 168

最高。 170

素晴らしい！ 171

当たった。 172

ラッキー！ 173

ほっとした。 174

楽_のしかった。 176

不滿抱怨篇

ひどい。 178

うるさい。 179

関_{かんけい}係ない。 180

いい気_み味だ。 181

ずるい 183

つまらない。 185

嘘_{うそ}つき。 186

損_{そん}した。 188

がっかり。 190

ショック。 192

まいった。 194

仕_{しかた}方がない。 196

嫌_{いや}だ。 198

無_{むり}理 。 200

大_{たいへん}変。 202

面_{めんどう}倒くさい。 204

バカ。 206

なんだ。 208

最_{さいてい}低。 210

しまった。 212

おかしい。 213

別に。 214

どいて。 216

まったく。 218

けち。 220

飽きた。 221

勘弁してよ。 222

遅い。 223

かわいそう。 225

發語答腔篇

はい。 228

いいえ。 229

えっと。 230

それもそうだ。 231

まあまあ。 232

そうかも。 233

つまり。 235

だって。 236

わたしも。 238

賛成。 240

とにかく。 241

なんか。 243

そうとは思わない。 245

それにしても。 246

残念。 248

まさか。 250

そうだ。 252

そんなことない。 254

こちらこそ。 256

あれっ？ 257

さあ。 259

どっちでもいい。 261

へえ。 263

なるほど。 265

もちろん。 267

ちょっと。 268

ところで。 270

やはり。 272

分
わ
かった。 274

気
き
にしない。 276

だめ。 278

任
まか
せて。 280

頑
がん
張
ば
って。 281

時
じ
間
かん
ですよ。 282

危
あぶ
ない！ 283

やめて。 285

考
かんが
えすぎないほうがいいよ。 286

やってみない？ 288

落
お
ち着
つ
いて。 289

身心狀態篇

気
き
持
も
ち悪
わる
い。 292

調子はどうですか？ 294

大丈夫。 296

びっくり。 298

感動しました。 299

用事がある。 301

自信がない。 303

心配する。 305

気分はどう？ 307

かっこういい。 309

迷っている。 310

のどが痛い。 311

悔しい！ 312

楽しかった。 314

恥ずかしい。 316

してみたい。 317

成語俚語篇

朝飯前。 320

足を引っ張る 321

油を売る。 322

一か八か。 323

上の空。 324

気が気でない。 325

口が軽い。 326

台無しにする。 328

棚に上げる。 329

手を抜く。 331

猫の手も借りたい。 332

歯が立たない。 333

ふいになる。 335

腑に落ちない。 337

骨が折れる。 338

水に流す。 340

百も承知。 342

鼻が高い。 344

ゴマをする。 345

日常禮儀篇

• track 005

すみません。

思咪媽誰嗯
su.mi.ma.se.n.
不好意思。／謝謝。

説．明

「すみません」也可說成「すいません」，這句話可說是日語會話中最常用、也最好用的一句話。無論是在表達歉意、向人開口攀談、甚至是表達謝意時，都可以用「すみません」一句話來表達自己的心意。用日語溝通時經常使用此句，絕對不會失禮。

會 話1

Ⓐ 今晩　飲みに　行きましょうか？

口嗯巴嗯　no咪你　衣key媽休咖
ko.n.ba.n.　no.mi.ni.　i.ki.ma.sho.u.ka.
今晩要不要去喝一杯？

Ⓑ すみません。　今日は　ちょっと…。

思咪媽誰嗯　克優哇　秋・偷
su.mi.ma.se.n.　kyo.u.wa.　cho.tto.
對不起，今天有點事。

會 話2

Ⓐ あのう…すみません。

阿no－　思咪媽誰嗯
a.no.　su.mi.ma.se.n.
呃…不好意思。

Ⓑ はい、どうしましたか？

哈衣　兜－吸媽及他咖
ha.i.　do.u.shi.ma.shi.ta.ka.

怎麼了嗎？

Ⓐ 切符を 買いたいんですが、この 機械の
使い方が わかりません。 どうしたら い
いですか？

key・撲喔 咖衣他衣嗯爹思嘎 口no key咖衣no
　　此咖衣咖他嘎 哇咖哩媽誰嗯 兜一吸他啦
　　衣一爹思咖

ki.ppu.o. ka.i.ta.i.n.de.su.ga. ko.no.ki.ka.i.no.
tsu.ka.i.ka.ta.ga. wa.ka.ri.ma.se.n. do.u.shi.ta.
ra. i.i.de.su.ka.

我想要買車票，但不會用這個機器。該怎麼辦呢？

會 話3

Ⓐ 資料を 持ってきました。

吸溜喔　謀・貼key媽吸他
shi.ryo.u.o.　mo.tte.ki.ma.shi.ta.

我把資料拿來了。

Ⓑ わざわざ すみません。

哇紮哇紮　思咪媽誰嗯
wa.za.wa.za.　su.mi.ma.se.n.

讓您費心了。(這裡的**すみません**帶有謝謝的意
思。)

●track 006

ごめん。

狗妹嗯
go.me.n.
對不起。

<table>
<tr><td>説　明</td></tr>
</table>

「ごめん」也可以說「ごめんなさい」，這句話
和「すみません」比起來，較不正式。通常用於
朋友、家人間。若是不小心撞到別人，或是向人
鄭重道歉時，還是要用「すみません」才不會失
禮。

會 話 1

Ⓐ カラオケに 行かない？

咖啦歐開你　衣咖拿衣
ka.ra.o.ke.ni.　i.ka.na.i.
要不要一起去唱卡拉ok？

Ⓑ ごめん、今日は 用事が あるんだ。

狗妹嗯　　克優哇　優－基嘎　阿嚕嗯搭
go.me.n.　kyo.u.wa.　yo.u.ji.ga.　a.ru.n.da.
對不起，我今天剛好有事。

會 話 2

Ⓐ ね、一緒に 遊ぼうよ。

內　衣・休你　　　阿搜玻－優
ne.　i.ssho.ni.　a.so.bo.u.yo.
一起玩吧！

Ⓑ ごめん、今は ちょっと、あとでいい？

狗妹嗯　　衣媽哇　秋・偷　阿偷爹衣－
go.me.n.　i.ma.wa.　cho.tto.　a.to.de.i.i.
對不起，現在正忙，等一下好嗎？

• track　006

會話3

A せっかく　　ですから、　ご飯でも
行かない？

誰・咖哭　　爹思咖啦　　狗哈嗯爹謀
衣咖拿衣

se.kka.ku.　de.su.ka.ra.　go.ha.n.de.mo.
i.ka.na.i.

難得見面，要不要一起去吃飯？

B ごめん、ちょっと　用が　あるんだ。

狗妹嗯　　秋・偷　　優一嘎　　阿嚕嗯搭
go.me.n.　sho.tto.　yo.u.ga.　a.ru.n.da.

對不起，我還有點事。

● track 007

申し訳ありません。
もう わけ

謀一吸哇開阿哩媽誰嗯

mo.u.shi.wa.ke.a.ri.ma.se.n.

深感抱歉。

説　明

想要鄭重表達自己的歉意，或者是向地位比自己高的人道歉時，只用「すみません」，會顯得誠意不足，應該要使用「申し訳ありません」、「申し訳ございません」，表達自己深切的悔意。

會　話

Ⓐ こちらは 102号室 です。 エアコンの
いちまるにごうしつ
調子が 悪いようです。
ちょうし わる

口漆啦哇　衣漆媽嚕你狗一吸此　爹思　世阿
口嗯no　秋一吸嘎　哇嚕衣優一爹思

ko.chi.ra.wa.　i.chi.ma.ru.ni.go.u.shi.tsu.　de.su.
　e.a.ko.n.no.　cho.u.shi.ga.　wa.ru.i.yo.u.de.su.

這裡是102號房，空調好像有點怪怪的。

Ⓑ 申し訳ありません。 ただいま 点検 します。
もう わけ てんけん

謀一吸哇開阿哩媽誰嗯　他搭衣媽　貼嗯開嗯
吸媽思

mo.u.shi.wa.ke.a.ri.ma.se.n.　ta.da.i.ma.te.n.ke.
n.shi.ma.su.

真是深感抱歉，我們現在馬上去檢查。

相　關

⊃ みんなさんに 申し訳ない。
もう わけ

咪嗯拿撒嗯你　謀一吸哇開拿衣

mi.n.na.sa.n.ni.　mo.u.shi.wa.ke.na.i.

對大家感到抱歉。

⊃ <ruby>申<rt>もう</rt></ruby>し<ruby>訳<rt>わけ</rt></ruby>ありませんが、<ruby>明日<rt>あした</rt></ruby>は　<ruby>出席<rt>しゅっせき</rt></ruby>　できません。

謀一吸哇開阿哩媽誰嗯嘎　阿吸他哇　嘘‧誰key爹key媽誰嗯

mo.shi.wa.ke.a.ri.ma.se.n.　a.shi.ta.wa.　shu.sse.ki.　de.ki.ma.se.n.

真是深感抱歉，我明天不能參加了。

⊃ お<ruby>忙<rt>いそが</rt></ruby>しい　ところ　<ruby>申<rt>もう</rt></ruby>し<ruby>訳<rt>わけ</rt></ruby>　ありませんが、<ruby>少<rt>すこ</rt></ruby>し　お<ruby>時間<rt>じかん</rt></ruby>を　いただけますか。

歐衣搜嘎吸－　偷口摟　謀一吸哇開　阿哩媽誰嗯嘎　思口吸　歐基咖嘔喔　衣他搭開媽思咖

o.i.so.ga.shi.i.　to.ko.ro.　mo.u.shi.wa.ke.a.ri.ma.se.n.ga.　su.ko.shi.　o.ji.ka.n.o.　i.ta.da.ke.ma.su.ka.

百忙之中不好意思，可以耽誤你一點時間嗎？

⊃ <ruby>申<rt>もう</rt></ruby>し<ruby>訳<rt>わけ</rt></ruby>　ありませんが、ただいま　<ruby>名刺<rt>めいし</rt></ruby>を　<ruby>切<rt>き</rt></ruby>らして　おりまして…。

謀一吸哇開　阿哩媽媽誰嗯嘎　他搭衣媽　妹一吸喔　key啦吸貼　歐哩媽吸貼

mo.u.shi.wa.ke.　a.ri.ma.se.n.ga.　ta.da.i.ma.　me.i.shi.o.　ki.ra.shi.te.　o.ri.ma.shi.te.

對不起，我的名片剛好用完了。

● track 008

構わない。

咖媽哇拿衣

ka.ma.wa.na.i.

不在乎。

説　明

表示自己不在乎什麼事情的時候，可以用「構わ
ない」來表示，說明自己並不介意，請對方也不
要太在意。

會 話 1

Ⓐ 行きましょうか？

衣 key 媽休一咖

ro.i.ki.ma.sho.u.ka.

該走了。

Ⓑ わたしに 構わないで 先に行って。

哇他吸你　　咖媽哇拿衣爹　　撒 key 你衣・貼

wa.ta.shi.ni. ka.ma.wa.na.i.de. sa.ki.ni.i.tte.

別在意我，你先走吧！

會 話 2

Ⓐ 勉強しないの？

背嗯克優一吸拿衣 no

be.n.kyo.u.shi.na.i.no.

你不念書嗎？

Ⓑ うん、期末なんて ちっとも 構わないか
ら。

烏嗯　key 媽此拿嗯貼　漆・倫謀　咖媽哇拿衣咖
啦

u.n. ki.ma.tsu.na.n.te. chi.tto.mo.ka.ma.wa.
na.i.ka.ra.

● track 008

不念，我覺得期末考才沒什麼大不了的。

Ⓐ そんな 事言うな。一緒に 頑張ろう！

搜嗯拿　口偷衣烏拿　衣‧休你　嘎嗯巴搜一
so.n.na.　ko.to.i.u.na.　i.ssho.ni.　ga.n.ba.ro.u.

不要這麼說！一起加油吧！

相　　關

⊃ タバコを 吸っても 構いませんか？

他巴口喔　思‧貼謀　咖媽衣媽誰嗯咖
ta.ba.ko.o.　su.tte.mo.　ka.ma.i.ma.se.n.ka.

可以吸煙嗎？

⊃ いつでも 構わないよ。

衣此爹謀　咖媽哇拿衣優
i.tsu.de.mo.　ka.ma.wa.na.i.yo.

隨時都可以。

• track 009

ありがとう。

阿哩嘎偸－
a.ri.ga.to.u.

謝謝。

説　明

「ありがとう」是「謝謝」的意思。通常對店員、
平輩、晚輩使用的時候，只要說「ありがとう」
即可以表示謝意。但是對客人或是長輩表達謝意
的時候，最好使用更能表示敬意的「ありがとう
ございます」或是「ありがとうございました」。

會 話 1

Ⓐ これ、手作りの　手袋です。　気に　入って
　　いただけたら　うれしいです。

口勒　貼資哭哩no　貼捕哭撙參思　key你　衣・
貼　衣他搭開他啦　烏勒吸衣參思
ko.re.　te.du.ku.ri.no.　te.bu.ku.ro.de.su.　ki.
ni.　i.tte.　i.ta.da.ke.ta.ra.　u.re.shi.i.de.su.

這是我自己做的手套。如果你喜歡的話就好。

Ⓑ ありがとう。

阿哩嘎偸－
a.ri.ga.to.u.

謝謝。

會 話 2

Ⓐ 何が　あっても　わたしは　あなたの
　　味方よ。

拿你嘎　阿・貼謀　哇他吸哇　阿拿他
no　咪咖他優
na.ni.ga.　a.tte.mo.　wa.ta.shi.wa.　a.na.ta.no.
mi.ka.ta.yo.

不管發生什麼事，我都站在你這邊。

Ⓑ ありがとう！心が　強くなった。

阿哩嘎倫－　　口口撄嘎　　此優哭拿・他
a.ri.ga.to.u.　ko.ko.ro.ga.　tsu.yo.ku.na.tta.

謝謝你，我覺得更有勇氣了。

會話3

Ⓐ あのう、すみませんが。手荷物は　どこで　受け取るん　ですか。

阿no－　思咪媽誰嗯嘎　　貼你謀此哇　兜口爹
鳥開倫嚕嗯　爹思咖
a.no.u.　su.mi.ma.se.n.ga.　te.ni.mo.tsu.wa.
do.ko.de.　u.ke.to.ru.n.　de.su.ka.

不好意思，請問行李在哪裡拿呢？

Ⓑ どちらの　飛行機で　きたん　ですか。

兜漆啦no　he口－key爹　key他嗯　爹思咖
do.chi.ra.no.　hi.ko.u.ki.de.　ki.ta.n.de.su.
ka.

你是坐哪一班飛機？

Ⓐ チャイナエアラインの　001便　です。

按衣拿せ阿啦衣嗯no　賊撄賊撄衣漆遍嗯　爹思
cha.i.na.e.a.ra.i.n.no.　ze.ro.ze.ro.i.chi.bi.n.
de.su.

我坐華航001次班機。

Ⓑ それは　あそこです。3番目の　ベルトコンベヤー　です。

搜勒哇　　阿搜口爹思　　撒嗯巴嗯妹no　背嚕
倫口嗯背呀－爹思
so.re.wa.　a.so.ko.de.su.　sa.n.ba.n.me.no.
be.ru.to.ko.n.be.ya.a.de.su.

那是在那邊，第3號行李轉盤。

A どうも　ありがとう。

兜－謀　阿哩嘎偷－

do.u.mo.　　a.ri.ga.to.u.

謝謝你。

どういたしまして。

兜一衣他吸媽吸貼
do.u.i.ta.shi.ma.shi.te.
不客氣。

説・明

幫助別人之後，當對方道謝時，要表示自己只是舉手之勞，就用「どういたしまして」來表示這只是小事一椿，何足掛齒。

會話1

Ⓐ ありがとう　ございます。

阿哩嘎倫一　　狗紮衣媽思
a.ri.ga.to.u.　go.za.i.ma.su.
謝謝。

Ⓑ いいえ、どういたしまして。

衣一せ　兜一衣他媽吸貼
i.i.e.　do.u.i.ta.shi.ma.shi.te.
不，不用客氣。

會話2

Ⓐ 杉浦さん、先日は　お世話に　なりました。
大変助かりました。

思個衣烏啦撒嗯　誰嗯基此哇　歐誰哇你　拿哩
媽吸他　他衣嘿嗯　他思咖哩媽吸他
su.gi.u.ra.sa.n.　se.n.ji.tsu.wa.　o.se.wa.ni.
na.ri.ma.shi.ta.　ta.i.he.n.　ta.su.ka.ri.ma.shi.ta.
杉浦先生，前些日子受你照顧了。真是幫了我大忙。

Ⓑ いいえ、どういたしまして。

衣一せ　兜一衣他吸媽吸貼

• track 010

i.i.e. do.u.i.ta.shi.ma.shi.te.

不，別客氣。

Ⓐ すみません、図書館に 行きたいん です
が、今の どの方向 ですか？

思咪媽誰嗯　偷休咖嗯你　衣key他衣嗯　爹思嘎
衣媽no　　兜no吼一口　爹思咖

su.mi.ma.se.n. to.sho.ka.n.ni. i.ki.ta.i.n.
de.su.ga. i.ma.no. do.no.ho.u.ko.u.
de.su.ka.

不好意思，我想要去圖書館，請問要往哪個方向？

Ⓑ 図書館 ですか。南の ほうですよ。

偷休咖嗯　爹思咖　　咪拿咪no　吼一爹思優
to.sho.ka.n. de.su.ka. mi.na.mi.no.
ho.u.de.su.yo.

圖書館嗎？要往南邊。

Ⓐ はい、わかりました。どうも ありがとうご
ざいます。

哈衣　　哇咖哩媽吸他　　兜一謀　阿哩嘎倫一
狗紫衣媽思

ha.i. wa.ka.ri.ma.shi.ta. do.u.mo. a.
ri.ga.to.u. go.za.i.ma.su.

好的，我知道了，謝謝你。

Ⓑ どう いたしまして。

兜一　衣他吸媽吸貼
do.u. i.ta.shi.ma.shi.te.

不客氣。

● track 011

> どうぞ。
> 兜－走
> do.u.so.
> 請。

説　明

「どうぞ」這句話相當於中文裡的「請」。要請對方不要有任何顧慮使用物品，或是請對方去做想做的事情時，就可以用這個字。

會　話

Ⓐ コーヒーを　どうぞ。

ロー he －喔　兜－走

ko.o.hi.i.o.do.u.zo.

請喝咖啡。

Ⓑ ありがとう　ございます。

阿哩嘎偷－　狗紮衣媽思

a.ri.ga.to.u.　go.za.i.ma.su.

謝謝。

相　關

⊃ どうぞ　お先に。

兜－走　歐撒key你

do.u.zo.　o.sa.ki.ni.

您先請。

⊃ はい、どうぞ。

哈衣　兜－走

ha.i.　do.u.zo.

好的，請用。

⊃ どうぞ　よろしく。

兜－走　優攞吸哭

● track 011

do.u.zo.　yo.ro.shi.ku.
請多包涵。

⊃ どうぞ　お先に。

兜一走　歐撒key你
do.u.zo.　o.sa.ki.ni.
您請先。

⊃ はい、どうぞ。

哈衣　兜一走
ha.i.　do.u.zo.
好的，請用。

⊃ つまらない　ものですが、どうぞ。

此媽啦拿衣　謀no爹思嘎　兜一走
tsu.ma.ra.na.i.no.mo.　de.su.ga.　do.u.zo.
一點小意思，請笑納。

⊃ いらっしゃい、どうぞ　お上がり　ください。

衣啦・瞎衣　兜一走　歐阿嘎哩　哭搭撒衣
i.ra.ssha.i.　do.u.zo.u.　o.a.ga.ri.　ku.da.sa.i.
歡迎，請進來坐。

● track 012

どうも。
兜一謀
do.u.mo.
你好。/謝謝。

和比較熟的朋友或是後輩，見面時可以用這句話
來打招呼。向朋友表示感謝時，也可以用這句話。

會　話

Ⓐ そこの　お皿を　取って　ください。

搜口no　歐撒啦喔　偷・貼　哭搭撒衣

so.ko.no.　o.sa.ra.o.　to.tte.　ku.da.sa.i.

可以幫我拿那邊的盤子嗎？

Ⓑ はい、どうぞ。

哈衣　兜一走

ha.i.　do.u.zo.

在這裡，請拿去用。

Ⓐ どうも。

兜一謀

do.u.mo.

謝謝。

相　關

⊃ この間は　どうも。

口no阿衣搭哇　兜一摸

ko.no.a.i.da.wa.　do.u.mo.

前些日子謝謝你了。

● track 013

先日は(どうも)。

誰嗯基此哇　兜一謀

se.n.ji.tsu.wa.do.u.mo.

前些日子(謝謝你)。

説　明

「先日」有前些日子的意思，日本人的習慣是受人幫助或是到別人家拜訪後，再次見面時，仍然要感謝對方前些日子的照顧。若是沒有提起的話，有可能會讓對方覺得很失禮。

會話 1

Ⓐ 花田さん、先日は　結構な　ものを　いただきまして、本当に　ありがとうございます。

哈拿搭撒嗯　誰嗯基此哇　開・口ー拿　謀no喔
衣他搭key媽吸貼　吼嗯倫一你　阿哩嘎倫一
狗紮衣媽思

ha.na.da.sa.n.　se.n.ji.tsu.wa.　ke.kko.u.na.
mo.no.o.　i.ta.da.ki.ma.shi.te.　ho.n.to.u.ni.　a.
ri.ga.to.u.　go.za.i.ma.su.

花田先生，前些日子收了您的大禮，真是謝謝你。

Ⓑ いいえ、大した　ものでも　ありません。

衣ーせ　他衣吸他　謀no爹謀　阿哩媽誰嗯
i.i.e.　ta.i.shi.ta.　mo.no.de.mo.　a.ri.ma.se.n.

哪兒的話，又不是什麼貴重的東西。

會話 2

Ⓐ 杉浦さん、先日は　お世話に　なりました。大変　助かりました。

思個衣鳥啦撒嗯　誰嗯基此哇　歐誰哇你　拿哩
媽吸他　他衣嘿嗯　他思咖哩媽吸他

su.gi.u.ra.sa.n.　se.n.ji.tsu.wa.　o.se.wa.ni.
na.ri.ma.shi.ta.　ta.i.he.n.　ta.su.ka.ri.ma.
shi.ta.

杉浦先生，前些日子受你照顧了。真是幫了我大
忙。

Ⓑ いいえ、どういたしまして。

衣－せ　兜－衣他吸媽吸貼
i.i.e.　do.u.i.ta.sh.ma.shi.te.

不，別客氣。

相　關

➲ 先日は　どうも　ありがとう　ございました。

誰嗯基此哇　兜－謀　阿哩嘎偷－　狗紮衣媽吸他
se.n.ji.tsu.wa.　do.u.mo.　a.ri.ga.to.u.　go.za.
i.ma.shi.ta.

前些日子謝謝你的照顧。

➲ 先日は　失礼　しました。

誰嗯基此哇　吸此勒－　吸媽吸他
se.n.ji.tsu.wa.　shi.tsu.re.i.　shi.ma.shi.ta.

前些日子的事真是抱歉。

• track 014

こんにちは。

口嗯你漆哇

ko.n.ni.chi.wa

你好

説　明

相當於中文中的「你好」。在和較不熟的朋友，
還有鄰居打招呼時使用，是除了早安和晚安之外，
較常用的打招呼用語。

會　話1

Ⓐ こんにちは。

口嗯你漆哇

ko.n.ni.chi.wa.

你好。

Ⓑ こんにちは、いい天気 ですね。

口嗯你漆哇　衣一貼嗯key　爹思内

ko.n.ni.chi.wa.　i.i.te.n.ki　de.su.ne.

你好，今天天氣真好呢！

會　話2

Ⓐ あつしさん、こんにちは。

阿此吸撒嗯　口嗯你漆哇

a.tsu.shi.sa.n.　ko.n.ni.chi.wa.

篤志先生，你好。

Ⓑ やあ、なつみさん、こんにちは。

衣阿　拿此咪撒嗯　口嗯你漆哇

ya.a.　na.tsu.mi.sa.n.　ko.n.ni.chi.wa.

啊，夏美小姐，你好。

おはよう。

欧哈優－
o.ha.yo.u.
早安

説　明

在早上遇到人時都可以用「おはようございます」
來招呼，較熟的朋友可以只說「おはよう」。
另外在職場上，當天第一次見面時，就算不是早
上，也可以說「おはようございます」。

會　話1

A 課長、おはよう　ございます。

哈秋－　欧哈優－　狗紮衣媽思
ka.cho.u.　o.ha.yo.u.　go.za.i.ma.su.
課長，早安。

B おはよう。今日も　暑いね。

欧哈優－　克優謀　阿此衣内
o.ha.yo.u.　kyo.u.mo.　a.tsu.i.ne.
早安。今天還是很熱呢！

會　話2

A おはよう。

欧哈優－
o.ha.yo.u.
早。

B おはよう　ございます。すごい　風ですね。

欧哈優－　狗紮衣媽思　思狗衣　咖賊爹思内
o.ha.yo.u.　go.za.i.ma.su.　su.go.i.　ka.
ze.de.su.ne.
早安，風可真大。

● track 015

Ⓐ ええ、春一番 ですよ。

せー　哈嚕衣漆巴嗯　爹思優

e.e.　ha.ru.i.chi.ba.n.　de.su.yo.

是啊，這可是今年的第一陣強風呢。

(每年春天第一次開始吹強風的時候稱為「春一
番」)

相　關

⊃ お父さん、おはよう。

歐偷－撒嗯　歐哈優－

o.to.u.sa.n.　o.ha.yo.u.

爸，早安。

⊃ おはよう、今日も　いい天気ですね。

歐哈優－　克優謀　衣－貼嗯key爹思內

o.ha.yo.u.　kyo.u.mo.　i.i.te.n.ki.de.su.ne.

早安。今天也是好天氣呢！

⊃ おはよう　ございます、お出かけですか？

歐哈優－　狗紫衣媽思　歐爹咖開爹思咖

o.ha.yo.u.　go.za.i.ma.su.　o.de.ka.ke.de.su.ka.

早安，要出門嗎？

おやすみ。

歐呀思咪
o.ya.su.mi.
晚安。

説　明

晚上睡前互道晚安，祝福對方也有一夜好眠。

會話1

Ⓐ 眠いから　先に　寝るわ。

內母衣咖啦　撒key你　內嚕哇
ne.mu.i.ka.ra.　sa.ki.ni.　ne.ru.wa.
我想睡了，先去睡囉。

Ⓑ うん、おやすみ。

鳥嗯　歐呀思咪
u.n.　o.ya.su.mi.
嗯，晚安。

會話2

Ⓐ では、おやすみなさい。明日も　頑張りましょう。

爹哇　歐呀思咪拿撒衣　阿吸他謀　嘎嗯巴哩媽休—
de.wa.　o.ya.su.mi.na.sa.　a.shi.ta.mo.　ga.n.ba.ri.ma.sho.u.
那麼，晚安囉。明天再加油吧！

Ⓑ はい。おやすみなさい。

哈衣　歐呀思咪拿撒衣
ha.i.　o.ya.su.mi.na.sa.i.
好的，晚安。

• track 017

お元気ですか？
げんき

歐給嗯key爹思咖

o.ge.n.ki.de.su.ka.

近來好嗎？

説明

在遇到許久不見的朋友時可以用這句話來詢問對方的近況。但若是經常見面的朋友，則通常是看對方氣色不佳的時候，才會用「元気？」來詢問對方「還好嗎？」

會話1

Ⓐ 田口さん、久しぶりです。お元気ですか？
たぐち　　　　　ひさ　　　　　　　　　げんき

他古漆撒嗯　he撒吸捕哩爹思　歐給嗯key爹思咖

ta.gu.chi.sa.n.　hi.sa.shi.bu.ri.de.su.　o.ge.n.ki.
de.su.ka.

田口先生，好久不見了。近來好嗎？

Ⓑ ええ、おかげさまで 元気です。鈴木さんは？
　　　　　　　　　　　　げんき　　　すずき

セー　歐咖給撒媽爹　給嗯key爹思　思資key撒嗯哇

e.e.　o.ka.ge.sa.ma.de.　ge.n.ki.de.su.　su.zu.
ki.sa.n.wa.

嗯，託你的福，我很好。鈴木小姐妳呢？

會話2

Ⓐ あれ？北川さん？
きたがわ

阿勒　key他嘎哇撒嗯

a.re.　ki.ta.ga.wa.sa.n.

咦，北川先生？

Ⓑ あ、田中さん。
たなか

阿　他拿咖撒嗯

a.　ta.na.ka.sa.n.

啊，是田中小姐。

Ⓐ 偶然 ですね。

古一賊嗯　爹思內

gu.u.ze.n.　de.su.ne.

還真是巧呢。

Ⓑ ほんと、びっくりした。元気ですか？

吼嗯偷　逼・哭哩吸他　給嗯key爹思咖

ho.n.to.　bi.kku.ri.shi.ta.　ge.n.ki.de.su.ka.

沒錯，嚇了我一跳。你最近好嗎？

相　關

つ 元気？

給嗯key

ge.n.ki.

還好嗎？／最近好嗎？

つ ご家族は　元気ですか？

狗咖走哭哇　給嗯key爹思咖

go.ka.zo.ku.wa.　ge.n.ki.de.su.ka.

家人都好嗎？

つ 元気です。

給嗯key爹思

ge.n.ki.de.su.

我很好。

● track 018

行ってきます。
衣・貼key媽思
i.tte.ki.ma.su.
我要出門了。

説　明

在出家門前，或是公司的同事要出門處理公務時，都會說「行ってきます」，告知自己要出門了。另外參加表演或比賽時，上場前也會說這句話。

會 話1

Ⓐ じゃ、行ってきます。

咖　衣・貼key媽思
ja. i.tte.ki.ma.su.
那麼，我要出門了。

Ⓑ 行ってらっしゃい、鍵を 忘れないでね。

衣・店啦・瞎衣　咖個衣喔　哇思勒拿衣爹內
i.tte.ra.ssha.i. ka.gi.o. wa.su.re.na.i.de.ne.
慢走。別忘了帶鑰匙喔！

會 話2

Ⓐ お客さんの ところに 行ってきます。

歐克呀哭撒嗯no　偷口摟你　衣・貼key媽思
o.kya.ku.sa.no.no. to.ko.ro.ni. i.tte.ki.ma.su.
我去拜訪客戶了。

Ⓑ 行ってらっしゃい。頑張ってね。

衣・貼啦・瞎衣　嘎嗯巴・貼內
i.tte.ra.ssha.i. ga.n.ba.tte.ne.
請慢走。加油喔！

• track 019

行ってらっしゃい。

衣・貼啦・瞎衣
i.tte.ra.ssha.i.
請慢走。

聽到對方說「行ってきます」的時候，我們就要說
「行ってらっしゃい」表示祝福、路上小心之意。

會　話 1

Ⓐ 行ってきます。

衣・貼key媽思
i.tte.ki.ma.su.
我要出門了。

Ⓑ 行ってらっしゃい。気をつけてね。

衣・貼啦・瞎衣　　key喔此開貼內
i.tte.ra.ssha.i.　　ki.o.tsu.ke.te.ne.
請慢走。路上小心喔！

會　話 2

Ⓐ そろそろ　時間です。じゃ、行ってきます。

搜搜搜搜　基咖嗯爹思　加　衣・貼key媽思
so.ro.so.ro.　ji.ka.n.de.su.　ja.　i.tte.ki.ma.su.
時間差不多了，我要出發了。

Ⓑ 行ってらっしゃい。何か　あったら、メール
して　ください。

衣・貼啦・瞎衣　　拿你咖　阿・他啦　妹一嚕
吸貼　哭搭撒衣
i.tte.　ra.ssha.i.　　na.ni.ka.　a.tta.ra.　　me.e.
ru.shi.te.　ku.da.sa.i.
請慢走。有什麼事的話，請寫mail告訴我。

● track 019

相　關

➲ おはよう、行ってらっしゃい。

　歐哈優－　衣‧貼啦‧瞎衣
　o.ha.yo.u.　i.tte.ra.ssha.i.
　早啊，請慢走。

➲ 気をつけて　行ってらっしゃい。

　key喔此開貼　衣‧貼啦‧瞎衣
　ki.o.tsu.ke.te.　i.tte.ra.ssha.i.
　路上請小心慢走。

➲ 行ってらっしゃい。早く　帰ってきてね。

　衣‧貼啦‧瞎衣　哈呀哭　咖せ‧貼key貼內
　i.tte.ra.ssha.i.　ha.ya.ku　.ka.e.te.ki.te.ne.
　請慢走。早點回來喔！

● track 020

ただいま。

他搭衣媽
ta.da.i.ma.
我回來了。

說　明

從外面回到家中或是公司時，會說這句話來告知
大家自己回來了。另外，回到久違的地方，也可
以說「ただいま」。

會話1

A ただいま。

他搭衣媽
ta.da.i.ma.
我回來了。

B お帰り。手を洗って、うがいして。

喔咖世哩　貼喔阿啦・貼　烏嘎衣吸貼
o.ka.e.ri.　te.o.a.ra.tte.　u.ga.i.shi.te.
歡迎回來。快去洗手、漱口。

會話2

A ただいま。

他搭衣媽
ta.da.i.ma.
我回來了。

B お帰りなさい、今日は　どうだった？

歐咖世哩拿撒衣　克優哇　兜一搭・他
o.ka.e.ri.na.sa.i.　kyo.u.wa.　do.u.da.tta.
歡迎回來。今天過得如何？

• track 021

お帰^{かえ}り。

歐咖世哩

o.ka.e.ri.

歡迎回來。

説 明

遇到從外面歸來的家人或朋友，表示自己歡迎之意時，會說「お帰り」，順便慰問對方在外的辛勞。比較禮貌的說法是「おかえりなさい」。

會 話1

Ⓐ ただいま。

他搭衣媽

ta.da.i.ma.

我回來了。

Ⓑ お帰^{かえ}り。今日^{きょう}は 遅^{おそ}かったね。何^{なに}か あったの？

歐咖世哩　克優哇　歐搜咖‧他內　拿你咖　阿‧他no

o.ka.e.ri.　kyo.u.wa.　o.so.ka.tta.ne.　na.ni.ka.　a.tta.no.

歡迎回來。今天可真晚，有什麼事嗎？

會 話2

Ⓐ ただ今^{いま}　戻^{もど}りました。

他搭衣媽　　謀兜哩媽吸他

ta.da.i.ma.　mo.do.ri.ma.shi.ta.

我回來了。

Ⓑ ああ、お帰^{かえ}りなさい。どうでした、福岡^{ふくおか}は？

阿一　歐咖世哩拿撒衣　兜一爹吸他　夫哭歐咖哇

a.a.　o.ka.e.ri.na.sa.i.　do.u.de.shi.ta.　fu.ku.o.

ka.wa.

喔，歡迎回來。去福岡感覺怎麼樣？

Ⓐ ええ、なかなか いい勉強に なりました。

せー 拿咖拿咖 衣一背嗯克優一你 拿哩媽吸他

e.e. na.ka.na.ka. i.i.be.n.kyo.u.ni. na.ri.ma.shi.ta.

嗯，學到了不少東西。

相 關

⊃ お母さん、お帰りなさい。

歐咖一撒嗯 歐咖せ哩拿撒衣

o.ka.a.sa.n. o.ka.e.ri.na.sa.i.

媽媽，歡迎回家。

⊃ 由紀君、お帰り。テーブルに おやつがあるからね。

瘀key哭嗯 歐咖せ哩 貼一捕嚕你 歐呀此嘎阿嚕咖啦內

yu.ki.ku.n. o.ka.e.ri. te.e.bu.ru.ni. o.ya.tsu.ga. a.ru.ka.ra.ne.

由紀，歡迎回來。桌上有點心喔！

● track 022

お久しぶりです。

歐 he 撒吸捕哩爹思

o.hi.sa.shi.bu.ri.de.su.

好久不見。

説 明

在和對方久別重逢時，見面時可以用這句，表示好久不見。

會 話 1

Ⓐ こんにちは。お久しぶりです。

口嗯你漆哇　　歐 he 撒吸捕哩爹思

ko.n.ni.chi.wa.　o.hi.sa.shi.bu.ri.de.su.

你好。好久不見。

Ⓑ あら、小林さん。お久しぶりです。お元気ですか？

阿啦　口巴呀吸撒嗯　歐 he 撒吸捕哩爹思　歐給嗯 key 爹思咖

a.ra.　ko.ba.ya.shi.sa.n.　o.hi.sa.shi.bu.ri.de.su. o.ge.n.ki.de.su.ka.

啊，小林先生。好久不見了。近來好嗎？

會 話 2

Ⓐ 久しぶり。

he 撒吸捕哩

hi.sa.shi.bu.ri.

好久不見。

Ⓑ いや、久しぶり。元気？

衣呀　he 撒吸捕哩　給嗯 key

i.ya.　hi.sa.shi.bu.ri.　ge.n.ki.

嘿！好久不見。近來好嗎？

• track 023

じゃ、また。

加　媽他

ja.　ma.ta.

下次見。

説　明

這句話多半使用在和較熟識的朋友道別的時候，
另外在通 mail 或簡訊時，也可以用在最後，當作
「再聯絡」的意思。另外也可以說「では、ま
た」。

會話1

Ⓐ あっ、チャイムが 鳴った。早く 行かない
と 怒られるよ。

阿　　按衣母嘎　　拿·他　　哈呀哭　衣咖拿
衣偷　歐口啦勒嚕優

a.　cha.i.mu.ga　.na.tta.　ha.ya.ku.　i.ka.na.i.
to.　o.ko.ra.re.ru.yo.

啊！鐘聲響了。再不快走的話就會被罵了。

Ⓑ じゃ、またね。

加　媽他內

ja.　ma.ta.ne.

那下次見囉！

會話2

Ⓐ では、また来週。

爹哇　媽他啦衣嘘－

de.wa.　ma.ta.ra.i.shu.u.

那麼，下週見。

Ⓑ じゃ、またね。

加　媽他內

ja. ma.ta.ne.
下次見。

相 關

➲ じゃ、また後でね。

加 媽他阿偷爹內
ja. ma.ta.a.to.de.ne.
待會見。

➲ じゃ、また明日。

加 媽他阿吸他
ja. ma.ta.a.shi.ta.
明天見。

➲ じゃ、また会いましょう。

加 媽他阿衣媽休一
ja. ma.ta.a.i.ma.sho.u.
期待有緣再會。

➲ では、先に帰ります。お疲れ様でした。

爹哇 撒key你 咖せ哩媽思 歐此咖勒撒媽 爹吸他
de.wa. sa.ki.ni. ka.e.ri.ma.su. o.tsu.ka.
re.sa.ma. de.shi.ta.
那麼，我先回家了。大家辛苦了。

• track 024

さよなら。

撒優拿啦

sa.yo.na.ra.

再會。

説　明

「さようなら」多半是用在雙方下次見面的時間是很久以後，或者是其中一方要到遠方時。若是和經常見面的人道別，則是用「では、また」就可以了。

會　話

Ⓐ じゃ、また 連絡(れんらく)しますね。

加　媽他　勒嗯啦哭吸媽媽思内

ja.　ma.ta.　re.n.ra.ku.shi.ma.su.ne.

那麼，我會再和你聯絡的。

Ⓑ ええ、さよなら。

せ一　撒優拿啦

e.e.　sa.yo.na.ra.

好的，再會。

相　關

◯ 明日(あした)は 卒業式(そつぎょうしき)で いよいよ 学校(がっこう)とも さよならだ。

阿吸他哇　搜此哥優爹　衣優衣優　嘎・ローー倫謀　撒優拿啦搭

a.shi.ta.wa.　so.tsu.gyo.u.shi.ki.de.　i.yo.i.yo.　ga.kkou.to.mo.　sa.yo.na.ra.

明天的畢業典禮上就要和學校説再見了。

● track 025

しつれい
失礼します。

吸此勒－吸媽思

shi.tsu.re.i.shi.ma.su.

再見。／抱歉。

説　明

當自己覺得懷有歉意，或者是可能會打擾對方時，可以用這句話來表示。而當要離開、進入某地，或是講電話時要掛電話前，也可以用「失礼します」來表示再見。

會話1

A これで　失礼します。

口勒爹　　吸此勒－吸媽思

ko.re.de.　shi.tsu.re.i.shi.ma.su.

不好意思我先離開了。

B はい。ご苦労様　でした。

哈衣　狗哭撈－撒媽　爹吸他

ha.i.　go.ku.ro.u.sa.ma.　de.shi.ta.

好的，辛苦了。

會話2

A 返事が　遅れて　失礼しました。

嘿嗯基嘎　歐哭勒貼　吸此勒吸媽吸他

he.n.ji.ga.　o.ku.re.te.　shi.tsu.re.i.shi.ma.shi.ta.

抱歉我太晚給你回音了。

B 大丈夫です。気に　しないで　ください。

搭衣糾－捕爹思　key你　吸拿衣爹　哭搭撒衣

da.i.jo.u.bu.de.su.　ki.ni.　shi.na.i.de.　ku.da.sa.i.

沒關係，不用在意。

菜日文

生活會話篇

気をつけてね。

key喔此開貼內

i.o.tsu.ke.te.ne.

保重。/小心。

説　明

通常用於道別的場合，請對方保重身體。另外在想要叮嚀、提醒對方的時候使用，這句話有請對方小心的意思。另外也有「打起精神！」「注意！」的意思。

會話1

Ⓐ じゃ、そろそろ　帰ります。

加　搜搜搜　咖世哩媽思

ja.　so.ro.so.ro.　ka.e.ri.ma.su.

那麼，我要回去了。

Ⓑ 暗いから　気をつけて　ください。

哭啦衣咖啦　key喔此開貼　哭搭撒衣

ku.ra.i.ka.ra.　ki.o.tsu.ke.te.　ku.da.sa.i.

天色很暗，請小心。

Ⓐ はい、ありがとう。また　明日。

哈衣　阿哩嘎偷一　媽他　阿吸他

ha.i.　a.ri.ga.to.u.　ma.ta.　a.shi.ta.

好的，謝謝。明天見。

會話2

Ⓐ 行ってきます。

衣・貼key媽思

i.tte.ki.ma.su.

我出門囉！

Ⓑ 行ってらっしゃい。車に 気をつけてね。

衣・貼啦・瞎衣　哭嚕媽你　key喔此開貼內
i.tte.ra.sha.i.　ku.ru.ma.ni.　ki.o.tsu.ke.te.ne.

慢走，小心車子喔。

相　關

⊃ 病気に ならない ように 気を つけなさい。

逼優－key你　拿啦拿衣　優－你　key喔　此開
拿撒衣
byo.u.ki.ni.　na.ra.na.i.　yo.u.ni.　ki.o.
tsu.ke.na.sa.i.

注意身體別生病了。

⊃ 足元に 気を つけて。

阿吸謀偷你　key喔　此開貼
a.shi.mo.to.ni.　ki.o.　tsu.ke.te.

注意腳步。

⊃ お気を つけて。

歐key喔　此開貼
o.ki.o.　tsu.ke.te.

小心、保重。

⊃ 気を つけて 出張に 行ってきてね。

key喔　此開貼　嘘・秋－你　衣・貼key貼內
ki.o.　tsu.ke.te.　shu.ccho.u.ni.　i.tte.ki.
te.ne.

去出差要一切小心喔。

お大事に。
だいじ

欧搭衣基你

o.da.i.ji.ni.

請保重身體。

説．明

當談話的對象是病人時，在離別之際，會請對方多保重，此時，就可以用這句話來表示請對方多注意身體，好好養病之意。

會話1

Ⓐ インフルエンザ ですね。二、三日は 家で 休んだ ほうが いいです。

衣嗯夫嚕せ嗯紫　爹思内　你　撒嗯你漆哇　衣せ爹　呀思嗯搭　吼一嘎　衣一爹思

i.n.fu.ru.e.n.za. de.su.ne. ni. sa.n.ni.chi.wa. i.e.de. ya.su.n.da. ho.u.ga. i.i.de.su.

你得了流感。最好在家休息個兩、三天。

Ⓑ はい、分かりました。

哈衣　哇咖哩媽吸他

ha.i. wa.ka.ri.ma.shi.ta.

好的，我知道了。

Ⓐ では、お大事に。

爹哇　欧搭衣基你

de.wa. o.da.i.ji.ni.

那麼，就請保重身體。

會話2

Ⓐ 田中さん。お待たせ しました。これは お薬です。毎日 三回 必ず 飲んで ください。

• track 027

他拿咖撒嗯　歐媽他誰　吸媽吸他　口勒哇　歐
哭思哩爹思　媽衣你漆　撒嗯咖衣　咖拿啦資
no嗯爹　哭搭撒衣
ta.na.ka.sa.n.　o.ma.ta.se.　shi.ma.shi.ta.
　ko.re.wa.　o.ku.su.ri.de.su.　ma.i.ni.chi.
　　sa.n.ka.i.　ka.na.ra.zu.　no.n.de.
ku.da.sa.i.

田中先生，讓你久等了。這是你的藥，一天要記
得吃三次。

B はい、わかりました。どうも　ありがとう。

哈衣　哇咖哩媽吸他　兜一謀　阿哩嘎偷一
ha.i.　wa.ka.ri.ma.shi.ta.　do.u.mo.　a.
ri.ga.to.u.

好的，我知道了。謝謝。

A お大事に。

歐搭衣基你
o.da.i.ji.ni.

保重身體。

相　關

⊃ どうぞ　お大事に。

兜一走　歐搭衣基你
do.u.zo.　o.da.i.ji.ni.

請保重身體。

⊃ お大事に、早く　よくなって　くださいね。

歐搭衣基你　哈呀哭　優哭拿・貼　哭搭撒衣內
o.ka.i.ji.ni.　ha.ya.ku.　yo.ku.na.tte.　ku.da.
sa.i.ne.

請保重，要早點好起來喔！

よろしく。

優撰吸哭

yo.ro.sh.ku.

請多照顧。／問好。

説　明

這句話含有「關照」、「問好」之意，可以用在初次見面時請對方多多指教包涵的情形。另外也可以用於請對方代為向其他人問好時。

會話1

Ⓐ 今日の　同窓会、行かないの？

克優－no　兜－搜－咖衣　衣咖拿衣no

kyo.u.no.　do.u.so.u.ka.i.　i.ka.na.i.no.

今天的同學會，你不去嗎？

Ⓑ うん、仕事が　あるんだ。みんなに　よろしく　伝えて。

烏嗯　吸狗偷嘎　阿嚕嗯搭　咪嗯拿你　優撰吸哭　此他せ貼

u.n.　shi.go.to.ga.　a.ru.n.da.　mi.n.na.ni.
yo.ro.shi.ku.　tsu.ta.e.te.

是啊，因為我還有工作。代我向大家問好。

會話2

Ⓐ はじめまして、田中と　申します。

哈基妹媽吸貼　他拿咖偷　謀－吸媽思

ha.ji.me.ma.shi.te.　ta.na.ka.to.　mo.u.shi.
ma.su.

初次見面，敝姓田中。

Ⓑ はじめまして、山本と　申します。どうぞ　よろしく　お願いします。

● track 028

哈基妹媽吸貼　呀媽謀偷偷　謀一吸媽思　兜一
走　優捷吸哭　歐內嘎衣吸媽思

ha.ji.me.ma.shi.te.　　ya.ma.mo.to.to.　　mo.u.
shi.ma.su.　　do.u.zo.u.　　yo.ro.shi.ku.　　o.
ne.ga.i.shi.ma.su.

初次見面，敝姓山本，請多指教。

Ⓐ こちらこそ、よろしく　お願いします。

口漆啦口搜　優捷吸哭　歐內嘎衣吸媽思

ko.chi.ra.ko.so.　　yo.ro.shi.ku.　　o.ne.ga.i.
shi.ma.su.

我也是，請多多指教。

相　　關

⊃ ご家族に　よろしく　お伝え　ください。

狗咖走哭你　優捷吸哭　歐此他世　哭搭撒衣

go.ka.zo.ku.ni.　　yo.ro.shi.ku.　　o.tsu.ta.e.te.
ku.da.sa.i.

代我向你家人問好。

⊃ よろしく　お願いします。

優捷吸哭　歐內嘎衣吸媽思

yo.ro.shi.ku.　　o.ne.ga.i.shi.ma.su.

還請多多照顧包涵。

⊃ よろしくね。

優捷吸哭內

yo.ro.shi.ku.ne.

請多照顧包涵。

お疲れ様。
お疲れ様。
<ruby>疲<rt>つか</rt></ruby>れ<ruby>様<rt>さま</rt></ruby>

歐此咖勒撒媽
o.tsu.ka.re.sa.ma.
辛苦了。

説　明

當工作結束後，或是在工作場合遇到同事、上司時，都可以用「お疲れ様」來慰問對方的辛勞。至於上司慰問下屬辛勞，則可以用「ご苦労様」「ご苦労様でした」「お疲れ」「お疲れさん」。

會 話 1

A ただいま　<ruby>戻<rt>もど</rt></ruby>りました。

他搭衣媽　謀兜哩媽吸他
ta.da.i.ma.　mo.do.ri.ma.shi.ta.
我回來了。

B おっ、田中さん、お<ruby>疲<rt>つか</rt></ruby>れ<ruby>様<rt>さま</rt></ruby>でした。

歐　他拿咖撒嗯　歐此咖勒撒媽爹吸他
o.ta.na.ka.sa.n.　o.tsu.ka.re.sa.ma.de.shi.ta.
喔，田中小姐，妳辛苦了。

會 話 2

A <ruby>悪<rt>わる</rt></ruby>いけど、<ruby>先<rt>さき</rt></ruby>に　<ruby>帰<rt>かえ</rt></ruby>るね。

哇嚕衣開兜　撒key你　咖せ嚕內
wa.ru.i.ke.do.　sa.ki.ni.　ka.e.ru.ne.
不好意思，我先回去了。

B うん、お<ruby>疲<rt>つか</rt></ruby>れ。

烏嗯　歐此咖勒
u.n.　o.tsu.ka.re.
好，辛苦了。

相　關

○ お仕事　お疲れ様でした。

> 歐吸狗倫　歐此咖勒撒媽爹吸他
> o.shi.go.to.　o.tsu.ka.re.sa.ma.de.shi.ta.
> 工作辛苦了。

○ では、先に　帰ります。お疲れ様でした。

> 爹哇　撒key你　咖世哩媽思　歐此咖勒撒媽爹吸他
> de.wa.　sa.ki.ni.　ka.e.ri.ma.su.　o.tsu.ka.re.
> sa.ma.de.shi.ta.
> 那麼，我先回家了。大家辛苦了。

○ お疲れ様。お茶でもどうぞ。

> 歐此咖勒撒媽　歐掐爹謀兜一走
> o.tsu.ka.re.sa.ma.　o.cha.de.mo.do.u.zo.
> 辛苦了。請喝點茶。

• track 030

いらっしゃい。
衣啦・瞎衣
i.ra.ssha.i.
歡迎。

説　明

到日本旅遊進到店家時，第一句聽到的就是「い
らっしゃいませ」。而當別人前來拜訪時，也可
以用這句話表示自己的歡迎之意。

會 話1

Ⓐ いらっしゃい、どうぞ　お上がりください。

衣啦・瞎衣　兜一走　歐阿嘎哩哭搭撒衣
i.ra.ssha.i.　do.u.zo.u.　o.a.ga.ri.ku.da.sa.i.
歡迎，請進來坐。

Ⓑ 失礼します。

吸此勒一吸媽思
shi.tsu.re.i.shi.ma.su.
打擾了。

會 話2

Ⓐ いらっしゃいませ、ご注文は　何ですか？

衣啦・瞎衣媽誰　狗去一謀嗯哇　拿嗯爹思咖
i.ra.ssha.i.ma.se.　go.chu.u.mo.n.wa.　na.n.de.
su.ka.
歡迎光臨，請要問點些什麼？

Ⓑ チーズバーガーの　ハッピーセットを
一つください。

漆一資一巴一嘎一no　哈・披一誰・偷喔　he偷
此哭搭撒衣
chi.i.zu.u.ba.a.ga.a.no.　ha.ppi.i.se.tto.o.　hi.to.

tsu.ku.da.sa.i.

給我一份起士漢堡的快樂兒童餐。

Ⓐ かしこまりました。

咖吸口媽哩媽吸他

ka.shi.ko.ma.ri.ma.shi.ta.

好的。

会 話 3

Ⓐ いらっしゃいませ。

衣啦・瞎衣媽誰

i.ra.ssha.i.ma.se.

歡迎光臨。

Ⓑ 予約 した 田中 ですが。

優呀哭　吸他　他拿咖　爹思嘎

yo.ya.ku.　shi.ta.　ta.na.ka.　de.su.ga.

我姓田中，有預約。

Ⓐ 田中様 ですか。カラーコースを 予約 し て おりましたね。

他拿咖撒媽　爹思咖　咖啦－ロー思喔　優呀哭　吸貼　歐哩媽吸他內

ta.na.ka.sa.ma.　de.su.kka.　ka.ra.a.ko.o.su.o.　yo.ya.ku.　shi.te.　o.ri.ma.shi.ta.ne.

田中小姐嗎？你預約的是染髮服務對吧？

Ⓑ はい、そうです。

哈衣　搜－爹思

ha.i.　so.u.de.su.

是的，沒錯。

どうもご親切に。

兜一謀 狗吸嗯誰此你

do.u.mo. go.shi.n.se.tsu.ni.

謝謝你的好意。

説　明

「親切」指的是對方的好意，和中文的「親切」意思非常相近，都有「體貼」、「具善意」的涵意。前面曾經學過「どうも」是表示感謝之意，所以「どうもご親切に」即是用來表示感謝對方的幫助和好意。

會　話

Ⓐ 空港まで　お迎えに　行きましょうか？

哭一口一媽爹　歐母咖せ你　衣key媽休一咖

ku.u.ko.u.ma.de. o.mu.ka.e.ni. i.ki.ma.sho.u.ka.

我到機場去接你吧！

Ⓑ どうも　ご親切に。

兜一謀　狗吸嗯誰此你

do.u.mo.go.shi.n.se.tsu.ni.

謝謝你的好意。

相　關

⊃ ご親切は　忘れません。

狗吸嗯誰此哇　哇思勒媽誰嗯
go.shi.n.se.tsu.wa.　wa.su.re.ma.se.n.
你的好意我不會忘記的。

⊃ 花田さんは　本当に　親切な　人だ。

哈拿他撒嗯哇　吼嗯偷－你　吸嗯誰此拿　he偷搭
ha.na.da.sa.n.wa.　ho.n.to.u.ni.　shi.n.se.tsu.
na.　hi.to.da.
花田小姐真是個親切的人。

恐れ入ります。

欧搜勒衣哩媽思
o.so.re.i.ri.ma.su.
抱歉。/不好意思。

説　明

這句話含有誠惶誠恐的意思，當自己有求於人，
又怕對方正在百忙中無法抽空時，就會用這句話
來表達自己實在不好意思之意。

會話1

Ⓐ お休み中に　恐れ入ります。

歐呀思咪去－你　歐搜勒衣哩媽思
o.ya.su.mi.chu.u.ni.　o.so.re.i.ri.ma.su.
不好意思，打擾你休息。

Ⓑ 何ですか？

拿嗯爹思咖
na.n.de.su.ka.
有什麼事嗎？

會話2

Ⓐ こんな　品物が　ありますか？

口嗯拿　吸拿謀no嘎　阿哩媽思咖
ko.n.na.　shi.na.mo.no.ga.　a.ri.ma.su.ka.
有這樣的東西嗎？

Ⓑ 倉庫に　あるかも　しれない　ので、見て
きます。

搜口－你　阿嚕咖謀　吸勒拿衣　no爹　咪貼
key媽思
so.u.ko.ni.　a.ru.ka.mo.　shi.re.na.i.　no.
de.　mi.te.ki.ma.su.

• track

倉庫裡說不定會有，我去看看。

A 恐れ　入ります。

歐搜勒　衣哩媽思
o.so.re.　i.ri.ma.su.
麻煩你了。

⊃ ご迷惑を　掛けまして　恐れ入りました。

狗妹一哇哭喔　咖開媽吸貼　歐搜勒衣哩媽吸他
go.me.i.wa.ku.o.　ka.ke.ma.shi.te.　o.so.re.i.ri.
ma.shi.ta.
不好意思，造成你的麻煩。

⊃ まことに　恐れ入ります。

媽口倫你　歐搜勒衣哩媽思
ma.ko.to.ni.　o.so.re.i.ri.ma.su.
真的很不好意思。

⊃ 恐れ入りますが、今何時でしょうか？

歐搜勒衣哩媽思嘎　衣媽　拿嗯基爹休一咖
o.so.re.i.ri.ma.su.ga.　i.ma.　na.n.ji.de.sho.u.ka.
不好意思，請問現在幾點？

● track 033

結構です。
けっこう

開・ロー爹思
ke.kko.u.de.su.
好的。／不用了。

説　明

「結構です」有正反兩種意思，一種是表示「可
以、沒問題」；但另一種意思卻是表示「不需
要」，帶有「你的好意我心領了」的意思。所以
當自己要使用這句話時，別忘了透過語調和表情、
手勢等，讓對方了解你的意思。

會　話

Ⓐ よかったら、もう少し　頼みませんか？
　　　　　　　　　　すこ　　　たの

優咖・他啦　謀ー思口吸　他no咪媽誰嗯咖
yo.ka.tta.ra.　mo.u.su.ko.shi.　ta.no.mi.ma.se.
n.ka.
如果想要的話，要不要再多點一點菜呢？

Ⓑ もう結構です。十分　いただきました。
　　　　けっこう　　じゅうぶん

謀ー開・ロー爹思　居ー捕嗯　衣他搭key媽吸他
mo.u.ke.kko.u.de.su.　ju.u.bu.n.　i.ta.da.ki.ma.
shi.ta.
不用了，我已經吃很多了。

相　關

⊃ いいえ、結構です。
　　　　　けっこう

衣ーせ　開・ロー爹思
i.i.e.　ke.kko.u.de.su.
不，不用了。

● track 034

遠慮しないで。

せ嗯溜吸拿衣爹

e.n.ryo.u.shi.na.i.de.

不用客氣。

説　明

因為日本民族性中，為了盡量避免造成別人的困擾，總是經常拒絕或是有所保留。若遇到這種情形，想請對方不要客氣，就可以使用這句話。

會　話 1

Ⓐ 遠慮しないで、たくさん 召し上がって ください ね。

せ嗯溜吸拿衣爹　他哭撒嗯　妹吸阿嘎‧貼　哭搭撒衣內

e.n.ryo.u.shi.na.i.de.　ta.ku.sa.n.　me.shi.a.ga.tte.　ku.da.sa.i.ne.

不用客氣，請多吃點。

Ⓑ では、お言葉に甘えて。

爹哇　歐口倫巴你　阿媽せ貼

de.wa.　o.ko.to.ba.ni.　a.ma.e.te.

那麼，我就恭敬不如從命。

會　話 2

Ⓐ お砂糖は？

歐撒偷一哇

o.sa.to.u.ha.

要加糖嗎？

Ⓑ 紅茶は ストレートが 好きなので、結構です。

ロー揪一哇　思倫勒一倫嘎　思key拿no爹　開

069 ●

● track 034

・ロー参思

ko.u.cha.wa. su.to.re.e.to.ga. su.ki.na.no.
de. ke.kko.u.de.su.

我喜歡喝不加糖的紅茶，所以不用了。

Ⓐ あらあら、遠慮しないで。紅茶には 砂糖を
入れるでしょ？

阿啦阿啦 せ嗯溜吸拿衣爹 ロー搯一你哇 撒
倫一喔 衣勒嚕爹休

a.ra.a.ra. e.n.ryo.shi.na.i.de. ko.u.cha.ni.
wa. sa.to.u.o. i.re.ru. de.sho.

唉呀，不用客氣，喝紅茶一定要加糖的不是嗎。

相　　關

⊃ ご遠慮なく。

狗せ嗯溜拿哭
go.e.n.ryo.na.ku.

請別客氣。

⊃ 遠慮なく ちょうだいします。

せ嗯溜拿哭 秋一搭衣吸媽思
e.n.ryo.na.ku. cho.u.da.i.shi.ma.su.

那我就不客氣了。

● track 035

お待たせ。

歐媽他誰

o.ma.ta.se.

久等了。

說　明

當朋友相約，其中一方較晚到時，就可以說「お待たせ」。而在比較正式的場合，比如說是面對客戶時，無論對方等待的時間長短，還是會說「お待たせしました」，來表示讓對方久等了，不好意思。

會　話

Ⓐ ごめん、お待たせ。

狗妹嗯　歐媽他誰

go.me.n.　　o.ma.ta.se.

對不起，久等了。

Ⓑ ううん、行こうか？

鳥一嗯　衣口一嗠

u.u.n.　　i.ko.u.ka.

不會啦！走吧。

相　關

⊃ お待たせ しました。

歐媽他誰　吸媽吸他

o.ma.ta.se.　　shi.ma.shi.ta.

讓你久等了。

⊃ お待たせ いたしました。

歐媽他誰　衣他吸媽吸他

o.ma.ta.se.　　i.ta.shi.ma.shi.ta.

讓您久等了。

とんでもない。

偷嗯爹謀拿衣
to.n.de.mo.na.i.
哪兒的話。／擔當不起。

説　明

這句話是用於表示謙虛。當受到別人稱讚時，回答「とんでもないです」，就等於是中文的「哪兒的話」。而當自己接受他人的好意時，則用這句話表示自己沒有好到可以接受對方的盛情之意。

會 話 1

Ⓐ これ、つまらない 物ですが。

口勒　此媽啦拿衣　謀no爹思嘎
ko.re.　tsu.ma.ra.na.i.　mo.no.de.su.ga.
送你，這是一點小意思。

Ⓑ お礼を いただくなんて とんでもない ことです。

歐勒一喔　衣他搭哭拿嗯貼　偷嗯爹謀拿衣　口偷爹思
o.re.i.o.　i.ta.da.ku.na.n.te.　to.n.de.mo.na.i.　ko.to.de.su.
怎麼能收你的禮？真是擔當不起！

會 話 2

Ⓐ なんと お礼を 申し上げて よいやら わかりません。

拿嗯偷　歐勒一喔　謀一吸阿給貼　優衣呀啦　哇咖哩媽誰嗯
na.n.to.　o.re.i.o.　mo.u.shi.　a.ge.te.　yo.i.ya.ra.　wa.ka.ri.ma.se.n.
不知該怎麼謝謝你才好。

● track 036

Ⓑ いや、とんでもない。

衣呀　偷嗯爹謀拿衣
i.ya.　to.n.de.mo.na.i.

不，沒什麼。

相　關

○ **とんでも　ありません。**

偷嗯爹謀　阿哩媽誰嗯
to.n.de.mo.　a.ri.ma.se.n.

哪兒的話。

○ **まったく　とんでもない　話だ。**

媽・他哭　偷嗯爹謀拿衣　哈拿吸搭
ma.tta.ku.　to.n.de.mo.na.i.　ha.na.shi.da.

真是太不合情理了。

いただきます。

衣他搭key媽思

i.ta.da.ki.ma.su.

開動了。

説　明

日本人用餐前，都會說「いただきます」，即使是只有自己一個人用餐的時候也照說不誤。這樣做表現了對食物的感激和對料理人的感謝。

會　話 1

Ⓐ わあ、おいしそう！お兄ちゃんはまだ？

哇－　歐衣吸搜－　歐你－揦哇　媽搭

wa.a.　o.i.shi.so.u.　o.ni.i.cha.n.wa.　ma.da.

哇，看起來好好吃喔！哥哥他還沒回來嗎？

Ⓑ 今日は　遅くなるって　言ったから、先に　食べてね。

克優哇　歐搜哭拿嚕・貼　衣・他咖啦　撒key你　他背貼内

kyo.u.wa.　o.so.ku.na.ru.tte.　i.tta.ka.ra.　sa.ki.ni.　ta.be.te.ne.

他說今天會晚一點，你先吃吧！

Ⓐ やった！いただきます。

呀・他　衣他搭key媽思

ya.tta.　i.ta.da.ki.ma.su.

太好了！開動了。

會　話 2

Ⓐ わ、おいしそう！いただきます。

哇　歐衣吸搜－　衣他搭key媽思

wa.　o.i.shi.so.u.　u.ta.da.ki.ma.su.

● track 037

哇，看起來好好吃。開動囉！

Ⓑ この肉まん、なかなかいける。

口 no 你哭媽嗯　　拿咖拿咖衣開嚕

ko.no.ni.ku.ma.n.　　na.ka.na.ka.i.ke.ru.

這包子，真是好吃。

相　關

つ お先に　いただきます。

歐撚 key 你　　衣他搭 key 媽思

o.sa.ki.ni.　　i.ta.da.ki.ma.su.

我先開動了。

つ いい匂いが　する！いただきます。

衣－你歐衣嘎　　思嚕　　衣他搭 key 媽思

i.i.ni.o.i.ga.　　su.ru.　　i.ta.da.ki.ma.su.

聞起來好香喔！我要開動了。

もしもし。

謀吸謀吸
mo.shi.mo.shi.
喂。

説　明

當電話接通時所講的第一句話，用來確認對方是否聽到了。

會話1

Ⓐ もしもし、田中さん ですか？

謀吸謀吸　他拿咖撒嗯　爹思咖
mo.shi.mo.shi.　ta.na.ka.sa.n.　de.su.ka.
喂，請問是田中小姐嗎？

Ⓑ はい、そうです。

哈衣　搜一爹思
ha.i.　so.u.de.su.
是的，我就是。

會話2

Ⓐ もしもし、聞こえますか？

謀吸謀吸　key口せ媽思咖
mo.shi.mo.shi.　ki.ko.e.ma.su.ka.
喂，聽得到嗎？

Ⓑ ええ、どなた ですか？

せー　兜拿他　爹思咖
e.e.　do.na.ta.　de.su.ka.
嗯，聽得到。請問是哪位？

よい一日を。
優衣　衣漆你漆喔
yo.i.　i.chi.ni.chi.o.
祝你有美好的一天。

説　明

「よい」在日文中是「好」的意思，後面接上了「一日」就表示祝福對方能有美好的一天。

會話1

Ⓐ では、よい　一日を。
爹哇　優衣　衣漆你漆喔
de.wa.　yo.i.　i.chi.ni.chi.o.
那麼，祝你有美好的一天。

Ⓑ よい一日を。
優衣　衣漆你漆喔
yo.i.　i.chi.ni.chi.o.
也祝你有美好的一天。

會話2

Ⓐ では、また　来週。よい週末を。
爹哇　媽他　啦衣嘘－　優衣嘘－媽此喔
de.wa.　ma.ta.　ra.i.shu.u.　yo.i.
shu.ma.tsu.o.
那就下週見，祝週末愉快。

Ⓑ よい　週末を。
優衣　嘘媽此喔
yo.i.　shu.u.ma.tsu.o.
週末愉快。

相 關

⊃ よい 休日を。

　優衣　Ｑ－基此喔
　yo.i.　kyu.u.ji.tsu.o.
　祝你有個美好的假期。

⊃ よい お年を。

　優衣　歐倫吸喔
　yo.i.　o.to.shi.o.
　祝你有美好的一年。

⊃ よい 週末を。

　優衣　嘘－媽此喔
　yo.i.　shu.u.ma.tsu.o.
　祝你有個美好的週末。

• track 040

おかげさまで。

歐咖給撒媽爹
o.ka.ge.sa.ma.de.
託你的福。

説　明

當自己接受別人的恭賀時，在道謝之餘，同時也感謝對方之前的支持和幫忙，就會用「おかげさまで」來表示自己的感恩之意。

會　話

Ⓐ 試験は　どうだった？

吸開嗯哇　兜一搭・他
shi.ke.n.wa.　do.u.da.tta.
考試結果如何？

Ⓑ おかげさまで　合格しました。

歐咖給撒媽爹　狗一咖哭吸媽吸他
o.ka.ge.sa.ma.de.　ko.u.ga.ku.shi.ma.shi.ta.
託你的福，我通過了。

相　關

⟹ あなたの　おかげです。

阿拿他no　歐咖給爹思
a.na.ta.no.　o.ka.ge.de.su.
託你的福。

⟹ 先生の　おかげで　合格しました。

誰嗯誰衣no　歐咖給爹　狗一咖哭吸媽吸他
se.n.se.i.no.　o.ka.ge.de.　ko.u.ga.ku.shi.ma.shi.ta.
託老師的福，我通過了。

發問徵詢篇

ここに座^{すわ}ってもいいです
か？

ロロ你　思哇・貼謀　衣一爹思咖
ko.ko.ni.　su.wa.tte.mo.　i.i.de.su.ka.

我可以坐在這裡嗎？

説　明

請求對方的同意時，可以使用「…てもいいです
か」的句型。

會　話 1

Ⓐ ここに座^{すわ}ってもいいですか？

ロロ你　思哇・貼謀　衣一爹思咖
ko.ko.ni.　su.wa.tte.mo.　i.i.de.su.ka.

我可以坐在這裡嗎？

Ⓑ はい、どうぞ。

哈衣　兜一走
ha.i.　do.u.zo.

可以的，請坐。

會　話 2

Ⓐ ここに座^{すわ}ってもいい？

ロロ你　思哇・貼謀　衣一
ko.ko.ni.　su.wa.tte.mo.i.i.

可以坐這裡嗎？

Ⓑ すみません、ここは　ちょっと…。

思咪媽誰嗯　ロロ哇　秋・偷
su.mi.ma.se.n.　ko.ko.wa.　cho.tto.

對不起，不太方便。

● track 041

相 關

◯ 試着 しても いいですか？

吸捔哭 吸貼謀 衣一爹思咖
shi.cha.ku. shi.te.mo. i.i. de.su.ka.
我可以試穿嗎？

◯ 窓を 閉めても いい？

媽兜喔 吸妹貼謀 衣一
ma.do.o. shi.me.te.mo. i.i.
我可以把窗戶關起來嗎？

◯ 電話借りても いい？

爹嗯哇 咖哩貼謀 衣一
de.n.wa. ka.ri.te.mo.i.i.
我可以借用電話嗎？

◯ 入っても いいですか？

哈衣・貼謀 衣一爹思咖
ha.i.tte.mo. i.i.de.su.ka.
我可以進去嗎？

◯ 書かなくても いいですか？

咖咖拿哭貼謀 衣一爹思咖
ka.ka.na.ku.te.mo. i.i.de.su.ka.
我可以不寫嗎？

◯ 仕事を お願い しても いいですか？

吸狗倫喔 歐内嘎衣 吸貼謀 衣一爹思咖
shi.go.to.o. o.ne.ga.i. shi.te.mo. i.i.de.su.ka.
可以請你幫我做點工作嗎？

◯ ドアを 開けても いい？暑いから。

兜阿喔 阿開貼謀 衣一 阿此衣咖啦
do.a.o. a.ke.te.mo. i.i. a.tsu.i.ka.ra.

可以把門打開嗎？好熱喔。

➲ ちょっと 見ても いい？

秋・偷 咪貼謀 衣－
cho.tto. mi.te.mo. i.i.
可以看一下嗎？

➲ テレビを つけても いい？

貼勒逼喔 此開貼謀 衣－
te.re.bi.o. tsu.ke.te.mo. i.i.
我可以開電視看嗎？

➲ ここで 寝ても いい？

口口爹 內貼謀 衣－
ko.ko.de. ne.te.mo. i.i.
我可以睡在這裡嗎？

➲ 手を つないでも いい？

貼喔 此拿衣爹謀 衣－
te.o. tsu.na.i.de.mo. i.i.
我可以牽你的手嗎？

➲ 話しても いい ですか？

哈拿吸貼謀 衣－ 爹思咖
ha.na.shi.te.mo. i.i. de.su.ka.
我可以和你聊一下嗎？

しなければなりませんか？

吸拿開勒巴　拿哩媽誰嗯咖
shi.na.ke.re.ba.　na.ri.ma.se.n.ka.

非做不可嗎？／一定要做嗎？

説　明

「～なければなりませんか」是「一定要～嗎」的意思，用在詢問是否可以不做某件事。而「～てもいいですか」則是「可不可以～」徵求對方的同意。兩者的用法分別如下：

「～なければなりませんか」：詢問可否不做某件事。

「～てもいいですか」：詢問可否做某件事。

會話1

Ⓐ 行かなければ　なりませんか？

衣咖拿開勒巴　拿哩媽誰嗯咖
i.ka.na.ke.re.ba.　na.ri.ma.se.n.ka.

不去不行嗎？

Ⓑ いいえ、行かなくても　いいです。

衣一せ　衣咖拿哭貼謀　衣一爹思
i.i.e.　i.ka.na.ku.te.mo.　i.i.de.su.

不，不去也可以。

會話2

Ⓐ 病気に　なった　時、どんな　ことを　しなければ　なりませんか？

逼優－key你　拿・他　偷key　兜嗯拿　口偷喔
吸拿開勒巴　拿哩媽誰嗯咖
byo.u.ki.ni.　na.tta.　to.ki.　do.n.na.　ko.to.o.
shi.na.ke.re.ba.　na.ri.ma.se.n.ka.

• track 042

生病的時候，一定要做什麼事呢？

B 病気に なった 時、薬を 飲んで、寝て いなければ なりません。

逼優－key你 拿・他 倫key 哭思哩喔 no嗯 爹 內貼 衣拿開勒巴 拿哩媽誰嗯

byo.u.ki.ni. na.tta. to.ki. ku.su.ri.o. no.n.de. ne.te. i.na.ke.re.ba. na.ri.ma.se.n.

生病的時候，一定要吃藥，並且休息。

相　關

⊃ 食事を する前に、手を 洗わなければ なりませんか？

休哭基喔 思嚕媽せ你 貼喔 阿啦哇拿開勒巴 拿哩媽誰嗯咖

sho.ku.ji.o. su.ru.ma.e.ni. te.o. a.ra.wa.na. ke.re.ba. na.ri.ma.se.n.

吃飯之前，不洗手不行嗎？

⊃ 労働保険 には 加入 しなければ なりませんか？

搜－兜－吼開嗯 你哇 咖女－ 吸拿開勒巴 拿哩媽誰嗯咖

ro.u.do.u.ho.ke.n. ni.wa. ka.nyu.u. shi.na. ke.re.ba. na.ri.ma.se.n.ka.

不加入勞保不行嗎？

これは何_{なん}ですか？

口勒哇　拿嗯爹思咖
ko.re.wa.　na.n.de.su.ka.

這是什麼？

説　明

要向人請問眼前的東西是什麼時，就可以說「これは何ですか」如果是比較遠的東西可以說「あれは何ですか」。「～は何ですか」意同於「～是什麼？」，所以前面可以加上想問的東西或事情。

會 話1

Ⓐ これは　何_{なん}ですか？

口勒哇　拿嗯爹思咖
ko.re.wa.　na.n.de.su.ka.

這是什麼？

Ⓑ チェリーパイです。

切哩一趴衣爹思
che.ri.i.pa.i.de.su.

這是櫻桃派。

Ⓐ じゃ。一つ_{ひと}　ください。

加　he偷此　哭搭撒衣
ja.　hi.to.tsu.　ku.da.sa.i.

那麼，請給我一份。

會 話2

Ⓐ 苦手_{にがて}な　ものは　何_{なん}ですか？

你嘎貼拿　謀no哇　拿嗯爹思咖
ni.ga.te.na.　mo.no.wa.　na.n.de.su.ka.

你不喜歡什麼東西？

B 虫です。虫が 嫌いです。

母吸爹思　母吸嘎　key啦衣爹思

mu.shi.de.su.　mu.shi.ga.　ki.ra.i.de.su.

昆蟲。我討厭昆蟲。

相	關

⊃ 何か お勧めが ありませんか？

拿你咖　歐思思妹嘎　阿哩媽誰嗯咖

na.ni.ka.　o.su.su.me.ga.　a.ri.ma.se.n.ka.

有沒有什麼推薦的商品？

⊃ お勧めは 何ですか？

歐思思妹哇　拿嗯爹思咖

o.su.su.me.wa.　na.n.de.su.ka.

你推薦什麼？

⊃ 一番人気が あるのは 何ですか？

衣漆巴嗯你key嘎　阿嚕no哇　拿嗯爹思咖

i.chi.ba.n.ni.n.ki.ga.　a.ru.no.wa.　na.n.de.su.ka.

最受歡迎的是什麼呢？

• track 044

駅はどこですか？
えき

せ key 哇　兜口爹思咖
e.ki.wa.　do.ko.de.su.ka.

車站在哪裡呢？

説　明

「～はどこですか」是「～在哪裡？」之意。

會話1

Ⓐ すみません、博多駅は どこですか？

思咪媽誰嗯　哈咖他 key 哇　兜口爹思咖.
su.mi.ma.se.n.　ha.ka.ta.e.ki.wa.　do.ko.de.su.
ka.

不好意思，請問博多車站在哪裡呢？

Ⓑ 博多駅ですか？

哈咖他せ key 爹思咖
ha.ka.ta.e.ki.de.su.ka.

博多車站嗎？

Ⓐ はい、どう 行けば いいでしょうか？

哈衣　兜ー　衣開巴　衣ー爹休ー咖
ha.i.　do.u.　i.ke.ba.　i.i.　de.sho.u.ka.

是的，該怎麼去呢？

Ⓑ 二つ目の 信号を 右に 曲がって くださ
い。
ふた　め　　しんごう　　みぎ　　ま

夫他此妹 no　吸嗯狗ー喔　咪個衣你　媽嘎・貼
　哭搭撒衣
fu.ta.tsu.me.no.　shi.n.go.o.　ni.gi.ni.　ma.ga.
tte. ku.da.sa.i.

第二個紅綠燈處向右走。

會話2

Ⓐ すみません。市役所は　どこですか？

思咪媽誰嗯　吸呀哭休哇　兜口爹思咖

su.mi.ma.se.n.　shi.ya.ku.sho.wa.　do.ko.de.su.ka.

不好意思，請問市公所在哪裡？

Ⓑ わたし、ここの人　じゃないんです、すみません。

哇他喔　口口no he 倫　加拿衣嗯爹思　思咪媽誰嗯

wa.ta.shi.　ko.ko.no.hi.to.　ja.na.i.n.de.su.　su.mi.ma.se.n.

我不是當地人，對不起。

相　關

⊃ ここは　どこですか？

口口哇　兜口爹思咖

ko.ko.wa.　do.ko.de.su.ka.

這裡是哪裡？

ちょっといいですか？

秋・偷　衣－爹思咖

cho.tto.　i.i.de.su.ka.

你有空嗎？

説　明

有事要找人商量，或是有求於人，但又怕對方正在忙，會用「ちょっといいですか」先確定對方有沒有空傾聽。

會 話1

Ⓐ ちょっと　いいですか？

秋・偷　衣－爹思咖

cho.tto.　i.i.de.su.ka.

你有空嗎？

Ⓑ はい、何でしょうか？

哈衣　拿嗯爹休ー咖

ha.i.　na.n.de.sho.u.ka.

好啊，有什麼事嗎？

會 話2

Ⓐ ちょっと　いいですか？

秋・偷　衣－爹思咖

cho.tto.　i.i.de.su.ka.

在忙嗎？

Ⓑ 何か　ありましたか？

拿你咖　哈哩媽吸他咖

na.ni.ka.　a.ri.ma.shi.ta.ka.

怎麼了嗎？

Ⓐ 実は　相談したい　ことが　あるんですが。

● track 045

基此哇　搜一搭嗯吸他衣　口偷嘎　阿嚕嗯爹思嘎
ji.tsu.wa.　so.u.da.n.shi.ta.i.　ko.to.ga.　a.ru.n.de.su.ga.

我有點事想和你談談。

相　關

⊃ ちょっと　よろしい　ですか？

秋・偷　優擾吸一　爹思咖
cho.tto.　yo.ro.shi.i.　de.su.ka.

你有空嗎？

⊃ ちょっと　いい？

秋・偷　衣一
cho.tto.　i.i.

有空嗎？

⊃ 今、大丈夫　ですか？

衣媽　搭衣糾一捕　爹思咖
i.ma.　da.i.jo.u.bu.　de.su.ka.

現在有空嗎？

どうしましたか？

兜一吸媽吸他咖

do.u.shi.ma.shi.ta.ka.

怎麼了嗎？

説　明

看到需要幫助的人，或是覺得對方有異狀，想要主動關心時，就用「どうしましたか」。

會 話 1

Ⓐ 誰か 助けて！

搭勒咖　他思開貼

da.re.ka.　ta.su.ke.te.

救命啊！

Ⓑ どうしましたか？

兜一吸媽吸他咖

do.u.shi.ma.shi.ta.ka.

發生什麼事了？

會 話 2

Ⓐ あのう…すみません。

阿no一　思咪媽誰嗯

a.no.　su.mi.ma.se.n.

呃…不好意思。

Ⓑ はい、どうしましたか？

哈衣　兜一吸媽吸他咖

ha.i.　do.u.shi.ma.shi.ta.ka.

怎麼了嗎？

會 話 3

Ⓐ どうしたの？元気が なさそうだ。

● track 046

兜一吸他no　給嗯key嘎　拿撒搜一搭
do.u.shi.ta.no.　ge.ki.ga.　na.sa.so.u.da.
你怎麼了？看起來很沒精神耶！

B 仕事が　うまく　いかないなあ。

吸狗偷嘎　烏媽哭　衣咖拿衣拿一
shi.go.to.ga.　u.ma.ku.　i.ka.na.i.na.a.
工作進行得不順利。

相　關

➲ 何か　お困りですか？

拿你咖　歐口媽哩爹思咖
na.ni.ka.　o.ko.ma.ri.de.su.ka.
有什麼問題嗎？

➲ お手伝い　しましょうか？

歐貼此搭衣　吸媽休一咖
o.te.tsu.da.i.　shi.ma.sho.u.ka.
讓我來幫你。

➲ 手伝おうか？

貼此搭歐一咖
te.tsu.da.o.u.ka.
我來幫你一把吧！

➲ 何か　困ったこと　でも？

拿你咖　口媽・他口偷　爹謀
na.ni.ka.　ko.ma.tta.ko.to.　de.mo.
有什麼問題嗎？

➲ 何か　ありましたか？

拿你咖　阿哩媽吸他咖
na.ni.ka.　a.ri.ma.shi.ta.ka.
怎麼了嗎？

これ、いくらですか？

口勒　衣哭啦　爹思咖
ko.re. i.ku.ra. de.su.ka.
這個多少錢？

説　明

購物或聊天時，想要詢問物品的價格，用這個字，
可以讓對方了解自己想問的是多少錢。

會話1

Ⓐ これ、いくら ですか？

口勒　衣哭啦　爹思咖
ko.re. i.ku.ra. de.su.ka.
這個要多少錢？

Ⓑ 1000 円です。

誰嗯せ嗯爹思
se.n.e.n.de.su.
1000日圓。

Ⓐ じゃ、これを ください。

加　口勒喔　哭搭撒衣
ja. ko.re.o. ku.da.sa.i.
那麼，請給我這個。

會話2

Ⓐ すいません、大阪駅へは いくらですか？

思衣媽誰嗯　歐－撒咖せkeyせ哇　衣哭啦爹思咖
su.i.ma.se.n. o.o.sa.ka.e.ki.e.wa. i.ku.ra.de.
su.ka
不好意思，到大阪車站多少錢？

Ⓑ 900 円です。

Q－合呀哭世嗯爹思

kyu.u.hya.ku.e.n.de.su.

900日圓。

相　關

◯ 全部で いくら？

賊嗯捕爹　衣哭啦

se.n.bu.de.　i.ku.ra.

全部多少錢？

◯ この花は いくらで 買いましたか？

口no哈拿哇　衣哭啦爹　咖衣媽吸他咖

ko.no.ha.na.wa.　i.ku.ra.de.　ka.i.ma.shi.ta.a.

這花你用多少錢買的？

◯ 三重県 から 長野県 までの 電車代は い
くら ですか。

咪世開嗯　咖啦　拿嘎no開嗯　媽爹no　爹嗯瞎
搭衣哇　衣哭啦　爹思咖

mi.e.ke.n.　ka.ra.　na.ga.no.ke.n.　ma.
de.no.　de.n.sha.da.i.wa.　i.ku.ra.　de.
su.ka.

從三重縣從火車到長野縣要多少錢？

◯ 一キロ いくらで 売る？

衣漆key摟　衣哭啦爹　鳥嚕

i.chi.ki.ro.　i.ku.ra.de.　u.ru.

一公斤賣多少錢？

お勧めは 何ですか？

欧思思妹哇　拿嗯爹思咖
o.su.su.me.wa.　na.n.de.su.ka.
你推薦什麼？

説　明

在餐廳或是店面選購物品時，可以用這句話來詢問店員有沒有推薦的商品。

會話 1

Ⓐ お勧めは 何ですか？

欧思思妹哇　拿嗯爹思咖
o.su.su.me.wa.　na.n.de.su.ka.
你推薦什麼呢？

Ⓑ カレーライスは 人気メニューです。

咖勒一啦衣思哇　你嗯key妹女一爹思
ka.re.e.ra.i.su.wa.　ni.n.ki.me.nyu.u.de.su.
咖哩飯很受歡迎。

會話 2

Ⓐ どのメーカーが お勧めですか？

兜no妹一咖一嘎　欧思思妹爹思咖
do.no.me.e.ka.a.ga.　o.su.su.me.de.su.ka.
你推薦那個廠牌呢？

Ⓑ そうですね。ソニーのは 結構人気が あり ますね。

搜一爹思内　搜你一no哇　開・ロー你嗯key嘎
　阿哩媽思内
so.u.de.su.ne.　so.ni.i.no.wa.　ke.kko.u.　ni.
n.ki.ga.　a.ri.ma.su.ne.
嗯…索尼的很受歡迎。

● track 049

何をしているんですか？
なに

拿你喔　吸貼衣嚕嗯　爹思咖
na.ni.o.　shi.te.i.ru.n.　de.su.ka.
你在做什麼？

説　明

不知對方在忙些什麼，或是想問對方正在幹嘛時，
就可以用「何をしているんですか」來詢問。

會話1

Ⓐ 何を　しているん　ですか？
なに

拿你喔　吸貼衣嚕嗯　爹思咖
na.ni.o.　shi.te.i.ru.n.　de.su.ka.
你在做什麼？

Ⓑ いや、なんでも　ありません。

衣呀　拿嗯爹謀　阿哩媽誰嗯
i.ya.　na.n.de.mo.　a.ri.ma.se.n.
不，沒什麼。

會話2

Ⓐ 何を　しているの？
なに

拿你喔　吸貼衣嚕no
na.ni.o.　shi.te.i.ru.no.
你在幹嘛？

Ⓑ いや、別に。
べつ

衣呀　背此你
i.ya.　be.tsu.ni.
沒有，沒什麼。

●track 050

何時ですか？
なんじ

拿嗯基爹思咖

na.n.ji.de.su.ka.

幾點？

說　明

詢問時間、日期的時候，可以用「いつ」。而只
想要詢問時間是幾點的時候，也可以使用「何
時」，來詢問確切的時間。

會 話1

A 今何時ですか？
いまなんじ

衣媽　拿嗯基爹思咖

i.ma.na.　n.ji.de.su.ka.

現在幾點了？

B 八時十分前です。
はちじじゅっぷんまえ

哈漆基　居・撲嗯媽せ爹思

ha.chi.ji.　ju.ppu.n.ma.e.de.su.

七點五十分了。

會 話2

A 来週の 会議は 何曜日 ですか？
らいしゅう　かいぎ　なんようび

啦衣嘘－no　咖衣個衣哇　拿嗯優－逼　爹思咖

ra.i.shu.u.no.　ka.i.gi.wa.　na.n.yo.u.bi.　de.su.ka.

下週的會議是星期幾？

B 金曜日です。
きんようび

key嗯優－逼爹思

ki.n.yo.u.bi.de.su.

星期五。

Ⓐ 何時からですか？

拿嗯基　咖啦　爹思咖
na.n.ji.　ka.ra.　de.su.ka.

幾點開始呢？

Ⓑ 九時十五分　からです。

哭基居－狗夫嗯　咖啦爹思
ku.ji.ju.u.go.fu.n.　ka.ra.de.su.

九點十五分開始。

Ⓐ 分かりました。ありがとう。

哇咖哩媽吸他　阿哩嘎倫－
wa.ka.ri.ma.shi.ta.　a.ri.ga.to.u.

知道了，謝謝。

相　關

➲ 仕事は　何時から　ですか？

吸狗倫哇　拿嗯基咖啦　爹思咖
shi.go.to.wa.　na.n.ji.ka.ra.　de.su.ka.

你的工作是幾點開始？

➲ 何時の　便ですか？

拿嗯基no　遍嗯爹思咖
na.n.ji.no.　bi.n.de.su.ka.

幾點的飛機？

➲ 何時何分　ですか？

拿嗯基拿嗯捕嗯　爹思咖
na.n.ji.na.n.bu.n.　de.su.ka.

幾點幾分呢？

いつ？
衣此
i.tsu.
什麼時候？

説 明

想要向對方確認時間、日期的時候，用這個字就
可以順利溝通了。

會 話1

A 来月の いつ 都合が いい？

啦衣給此no 衣此 此狗-嘎 衣-
ra.i.ge.tsu.no. i.tsu. tsu.go.u.ga. i.i.
下個月什麼時候有空？

B 週末 だったら いつでも。

嘘-媽此 搭・他啦 衣此參謀
shu.u.ma.tsu. da.tta.ra. i.tsu.de.mo.
如果是週末的話都可以。

會 話2

A 結婚記念日は いつ？

開・口嗯key內嗯逼哇 衣此
ke.kko.n.ki.ne.n.bi.wa. i.tsu.
你的結婚紀念日是哪一天？

B 来週の 金曜日。

啦衣嘘-no key嗯優-逼
ra.i.shu.u.no. ki.n.yo.u.bi.
下星期五。

本当ですか？
ほんとう

吼嗯偷一爹思咖

ho.n.to.u.de.su.ka.

真的嗎？

説　明

聽完對方的說法之後，要確認對方所說的是不是真的，或者是覺得對方所說的話不大可信時，可以用這句話來表示心中的疑問。另外也可以用來表示事情真的如自己所描述。

會 話 1

Ⓐ 大学に　合格　しました！
だいがく　　ごうかく

搭衣嘎哭你　狗一咖哭　吸媽吸他

da.i.ga.ku.ni.　go.u.ka.ku.shi.ma.shi.ta.

我考上大學了！

Ⓑ 本当ですか？おめでとう！
ほんとう

吼嗯偷一爹思咖　歐妹爹偷一

ho.n.to.u.de.su.ka.　o.me.de.to.o.

真的嗎？恭喜你了。

會 話 2

Ⓐ 誰も　いません。
だれ

搭勒謀　衣媽誰嗯

da.re.mo.　i.ma.se.n.

沒有人在。

Ⓑ 本当ですか、変ですね。
ほんとう　　　　へん

吼嗯偷一爹思咖　嘿嗯爹思内

ho.n.to.u.de.su.ka.　he.n.de.su.ne.

真的嗎？那真是奇怪。

うそでしょう？

烏搜爹休－
u.so.de.sho.u.
你是騙人的吧？

説　明

對於另一方的說法或做法抱持著高度懷疑，感到不可置信的時候，可以用這句話來表示自己的驚訝，以再次確認對方的想法。

會　話

A 会議の 資料を 無くしちゃった。

咖衣個衣no　吸溜一喔　拿哭吸掐・他
ka.i.gi.no.　shi.ryo.u.o.　na.ku.shi.cha.tta.
我把開會的資料弄不見了。

B うそでしょう？

烏搜爹休－
u.so.de.sho.u.
你是騙人的吧？

相　關

⊃ うそ！

烏搜
u.so.
騙人！

⊃ うそだろう？

烏搜搭摟－
u.so.da.ro.u.
這是謊話吧？

⊃ そんなの うそに 決まってんじゃん！

● track 053

搜嗯拿no　烏搜你　key媽‧貼嗯加嗯
so.n.na.no.　u.so.ni.　ki.ma.tte.n.ja.n.
聽就知道一定是謊話。

➲ 嘘を　つけ！

烏搜喔　此開
u.so.o.　　tsu.ke.
你說謊！

➲ とてつもない　嘘。

偷貼此謀拿衣　烏搜
to.te.tsu.mo.na.i.　　u.so.
漫天大謊。

➲ 見え透いた　嘘。

咪世思衣他　烏搜
mi.e.su.i.ta.　　u.so.
一眼就被看穿的謊言。

➲ 嘘にも　ほどがある。

烏搜你謀　吼兜嘎阿嚕
u.so.ni.mo.　　ho.do.ga.a.ru.
說謊也要有限度。

● track 054

なに
何?
拿你
na.ni.
什麼?

説 明

聽到熟人叫自己的名字時，可以用這句話來問對
方有什麼事。另外可以用在詢問所看到的人、事、
物是什麼。

會 話 1

A 何を しているん ですか?

拿你喔　吸貼衣嚕嗯　爹思咖
na.ni.o.　shi.te.i.ru.n.de.su.ka.

你在做什麼？

B 空を 見て いるんです。

搜啦喔　咪貼　衣嚕嗯爹思
so.ra.o.　mi.te.　i.ru.n.de.su.

我在看天空。

會 話 2

A ただいま。

他搭衣媽
ta.da.i.ma.

我回來了。

B お帰り。今日は 遅かったね。何か あった
の?

歐咖せ哩　克優一哇　歐搜咖・他內　拿你咖
阿・他no
o.ka.e.ri.　kyo.u.wa.　o.so.ka.tta.ne.　na.
ni.ka.　a.tta.no.

● track 054

歡迎回來。今天可真晚，有什麼事嗎？

相　關

つ えっ？何？

　せ　拿你
　e.　na.ni.
　嗯？什麼？

つ これは　何？

　口勒哇　拿你
　ko.re.wa.　na.ni.
　這是什麼？

つ 何が　食べたい　ですか？

　拿你嘎　他背他衣　爹思咖
　na.ni.ga.　ta.be.ta.i.de.su.ka.
　你想吃什麼？

• track 055

ありませんか？

阿哩媽誰嗯咖

a.ri.ma.se.n.ka.

有嗎？

説　明

問對方是否有某樣東西時，用的字就是「ありませんか」。前面只要再加上你想問的物品的名稱，就可以順利詢問對方是否有該樣物品了。

會話1

Ⓐ ほかの　色は　ありませんか？

吼咖no　衣撰哇　阿哩媽誰嗯咖

ho.ka.no.　i.ro.wa.　a.ri.ma.se.n.ka.

有其他顏色嗎？

Ⓑ ブルーと　グレーが　ございます。

捕嚕一偸　古勒一嘎　狗紮衣媽思

bu.ru.u.to.　gu.re.e.ga.　go.za.i.ma.su.

有藍色和灰色。

會話2

Ⓐ 何か　面白い本　ありませんか？

拿你咖　歐謀吸撰衣吼嗯　阿哩媽誰嗯咖

na.ni.ka.　o.mo.shi.ro.i.ho.n.　a.ri.ma.se.n.ka.

有沒有什麼好看的書？

Ⓑ 何か　質問　ありませんか？

拿你咖　吸此謀嗯　阿哩媽誰嗯咖

na.ni.ka.　shi.tsu.mo.n.　a.ri.ma.se.n.ka.

有沒有問題？

どんな？

兜嗯拿
do.n.na.

什麼樣的？

説　明

這個字有「怎麼樣的」、「什麼樣的」之意，比如在詢問這是什麼樣的商品、這是怎麼樣的漫畫時，都可以使用。

會　話

🅐 どんな 音楽が 好きなの？

兜嗯拿　歐嗯嘎哭嘎　思key拿no
do.n.na.　o.n.ga.ku.ga.　su.ki.na.no.

你喜歡什麼類型的音樂呢？

🅑 ジャズが好き。

加資嘎思key
ja.zu.ga.su.ki.

我喜歡爵士樂。

相　關

➲ 彼は どんな人 ですか？

咖勒哇　兜嗯拿he偷　爹思咖
ka.re.wa.　do.n.na.hi.to.　de.su.ka.

他是個怎麼樣的人？

➲ どんな 部屋を ご希望ですか？

兜嗯拿　嘿呀喔　狗key玻一爹思咖
do.n.na.he.ya.o.　go.ki.bo.u.de.su.ka.

你想要什麼樣的房間呢？

どういうこと？

兜－衣鳥口偷
do.u.yu.u.ko.to.
怎麼回事？

説　明

當對方敘述了一件事，讓人搞不清楚是什麼意思，或者是想要知道詳情如何的時候，可以用「どういうこと」來表示疑惑，對方聽了之後就會再詳加解釋。但要注意語氣，若時語氣顯出不耐煩或怒氣，反而會讓對方覺得是在挑釁。

會　話 1

Ⓐ 学校を やめた。

嘎・ロー喔　呀妹他
ga.kko.u.o.　ya.me.ta.
我休學了。

Ⓑ えっ？どういうこと？

世　兜－衣鳥口偷
e.　do.u.i.u.ko.to.
怎麼回事？

會　話 2

Ⓐ また 転勤する ことに なったの。

媽他　貼嗯key嗯思嚕　口偷你　拿・他no
ma.ta.　te.n.ki.n.su.ru.　ko.to.ni.　na.tta.no.
我又被調職了。

Ⓑ えっ、一体 どういうこと？

世　衣・他衣　兜－衣鳥口偷
e.　i.tta.i.　do.u.i.u.ko.to.
啊？到底是怎麼回事？

• track 058

どうして？

兜一吸貼
do.u.shi.te.
為什麼？

說　明

想要知道事情發生的原因，或者是對方為什麼要這麼做時，就用這個字來表示自己不明白，請對方再加以說明。

會　話

A 昨日は　どうして　休んだのか？

keyno一哇　兜一吸貼　呀思嗯搭no咖
ki.no.u.wa.　do.u.shi.te.　ya.su.n.da.no.ka.

昨天為什麼沒有來上班呢？

B すみません。急に　用事が　できて　実家に帰ったんです。

思咪媽誰嗯　Q一你　優一基嘎　爹key貼　基·
咖你　咖世·他嗯爹思
su.mi.ma.se.n.　kyu.u.ni.　yo.u.ji.ga.　de.ki.
te.　ji.kka.ni.　ka.e.tta.n.de.su.

對不起，因為突然有點急事所以我回老家去了。

相　關

○ どうしていいか　分からない。

兜一吸貼衣一咖　哇咖啦拿衣
do.u.shi.te.i.i.ka.　wa.ka.ra.na.i.

不知道怎麼辦才好。

何^{なん}ですか？

拿嗯爹思咖
na.n.de.su.ka.
有什麼事呢？／是什麼呢？

説　明

要問對方有什麼事情，或者是看到了自己不明白的物品、文字時，都可以用這句話來發問。

會 話 1

Ⓐ あのう、すみません。

阿no— 思咪媽誰嗯
a.no.u.　su.mi.ma.se.n.
呃，不好意思。

Ⓑ ええ、何^{なん}ですか？

せ— 拿嗯爹思咖
e.e.　na.n.de.su.ka.
有什麼事嗎？

會 話 2

Ⓐ これは 何^{なん}ですか？

口勒哇 拿嗯爹思咖
ko.re.wa.　na.n.de.su.ka.
這是什麼？

Ⓑ これは 絵葉書^{え は が き}です。

口勒哇 せ哈嘎key爹思
ko.re.wa.　e.ha.ga.ki.　de.su.
這是明信片。

どういう意味？

兜－衣烏衣咪
do.u.i.u.i.mi.
什麼意思？

説　明

日文中的「意味」就是「意思」，聽過對方的話之後，並不了解對方說這些話是想表達什麼意思時，可以用「どういう意味」加以詢問。

會　話

Ⓐ それ以上　聞かない　ほうが　いいよ。

搜勒衣糾－　key咖拿衣　吼－嘎　衣－優
so.re.i.jo.u.　ki.ka.na.i.　ho.u.ga.　i.i.yo.
你最好不要再追問下去。

Ⓑ えっ、どういう意味？

せ　兜－衣烏衣咪
e.　do.u.i.u.i.mi.
咦，為什麼？

● track 060

どうすればいいですか？

兜－思勒巴　衣－爹思咖

do.u.su.re.ba.　i.i.de.su.ka.

該怎麼做才好呢？

説　明

當心中抓不定主意，亂了手腳的時候，可以用這句話來向別人求救。希望別人提供建議、做法的時候，也能使用這句話。口語的說法是「どうしよう？」

會話 1

Ⓐ 住所を　変更したいんですが、どうすれば　いいですか？

居－休喔　嘿嗯口－吸他衣嗯爹思咖　兜－思勒巴　衣－爹思咖

ju.u.sho.o.　he.n.ko.u.shi.ta.i.n.de.su.ga.　do.u.su.re.ba.　i.i.de.su.ka.

我想要變更地址，請問該怎麼做呢？

Ⓑ ここに　住所、氏名を　書いて、下に　サインして　ください。

口口你　居－休　吸妹－喔　咖衣貼　吸他你　撒衣嗯吸貼　哭搭撒衣

ko.ko.ni.　ju.u.sho.　shi.me.i.o.　ka.i.te.　shi.te.ni.　sa.i.n.shi.te.　ku.da.sa.i.

請在這裡寫下你的地址和姓名，然後再簽名。

會話 2

Ⓐ どうしよう。もうすぐ　本番だよ。

兜－吸優－　謀－思古　吼嗯巴嗯搭優

do.u.shi.yo.u.　mo.u.su.gu.　ho.n.ba.n.da.yo.

怎麼辦，馬上就要上式上場了。

B 大丈夫だよ。自信を 持って！

搭衣糾一捕搭優　基吸嗯喔　謀・貼
da.i.jo.u.bu.da.yo.　ji.shi.n.o.　mo.tte.

你可以的，要有自信。

相　關

➲ 英語で どう書けば いいですか？

世衣狗爹　兜一咖開巴　衣一爹思咖
e.i.go.de.　do.u.ka.ke.ba.　i.i.de.su.ka.

用英文該怎麼寫？

➲ どうやって 行けば いいですか？

兜一呀・貼　衣開巴　衣一爹思咖
do.u.ya.tte.　i.ke.ba.　i.i.de.su.ka.

該怎麼走？

何と言いますか？

拿嗯倫　衣－媽思咖
na.n.to.　i.i.ma.su.ka.
該怎麼説呢？

説・明

當想要形容的事物難以言喻的時候，用這句話可以表達自己的心情。或是當不知道一句話怎麼講的時候，也可以用這句話表示詢問。

會・話

Ⓐ パープルは　日本語で　何と　言いますか？

趴－撲嚕哇　你吼嗯狗爹　拿嗯倫　衣－媽思咖
pa.a.pu.ru.wa.　ni.ho.n.go.de.　na.n.to.　i.i.ma.
su.ka.
purple的日文怎麼説？

Ⓑ むらさきです。

母啦撒key爹思
mu.ra.sa.ki.de.su.
是紫色。

相・關

⊃ 英語で　何と　言いますか？

せ－狗爹　拿嗯倫　衣－媽思咖
e.i.go.de.　na.n.to.　i.i.ma.su.ka.
用英文怎麼説。

⊃ 何と　言うのか？

拿嗯倫　衣烏no咖
na.n.to.　i.u.no.ka.
該怎麼説？

誰^{だれ}?

搭勒

da.re.

是誰?

說　明

要問談話中所指的人是誰，或是問誰做了這件事
等，都可以使用這個字來發問。

會　話

Ⓐ あの人^{ひと}は　誰^{だれ}?

阿nohe偷哇　搭勒

a.no.hi.to.wa.　da.re.

那個人是誰？

Ⓑ 野球部^{やきゅうぶ}の　佐藤先輩^{さとうせんぱい}です。

呀Ｑ－捕no　撒偷－誰嗯趴衣爹思

ya.ku.u.bu.no.　sa.to.u.se.n.pa.i.de.su.

棒球隊的佐藤學長。

相　關

⊃ 教室^{きょうしつ}には　誰^{だれ}が　いましたか？

克優－吸此你哇　搭勒嘎　衣媽吸他咖

kyo.u.shi.tsu.ni.wa.　da.re.ga.　i.ma.shi.ta.ka.

誰在教室裡？

⊃ これは　誰^{だれ}の　傘^{かさ}ですか？

口勒哇　搭勒no　咖撒爹思咖

ko.re.wa.　da.re.no.　ka.sa.de.su.ka.

這是誰的傘？

食べたことがありますか？

他背他口倫嘎　阿哩媽思咖
ta.be.ta.ko.to.ga.　a.ri.ma.su.ka.
吃過嗎？

説　明

動詞加上「ことがありますか」，是表示有沒有做過某件事的經歷。有的話就回答「はい」，沒有的話就說「いいえ」。

會　話

A イタリア料理を　食べたことが　ありますか？

衣他哩阿溜ー哩喔　他背他口倫嘎　阿哩媽思咖
i.ta.ri.a.ryo.u.ri.o.　ta.be.ta.ko.to.ga.　a.ri.ma.su.ka.
你吃過義大利菜嗎？

B いいえ、食べたことが　ありません。

衣ーせ　他背他口倫嘎　阿哩媽誰嗯
i.i.e.　ta.be.ta.ko.to.ga.　a.ri.ma.se.n.
沒有，我沒吃過。

相　關

➲ 見たことが　ありますか？

咪他口倫嘎　阿哩媽思咖
mi.ta.ko.to.ga.　a.ri.ma.su.ka.
看過嗎？

➲ 行ったことが　あります。

衣・他口倫嘎　阿哩媽思

i.tta.ko.to.ga.　　a.ri.ma.su.

去過。

➲ 聞いたことが　あります。

key－他口偷嘎　　阿哩媽思
ki.i.ta.ko.to.ga.　　　a.ri.ma.su.

曾經聽過。

➲ 見たことが　ありません。

咪他口偷嘎　阿媽媽誰嗯
mi.ta.ko.to.ga.　　a.ri.ma.se.n.

沒看過。

➲ 友だちと　一緒に　行ったことが　あります。

偷謀搭漆偷　衣・休你　衣・他口偷嘎　阿哩媽思
to.mo.da.chi.to.　　i.ssho.ni.　　　i.tta.ko.to.ga.
　　a.ri.ma.su.

曾經和朋友一起去過。

➲ 日本に　行ったことが　ありません。

你�嗯你　衣・他口偷嘎　阿哩媽誰嗯
ni.ho.n.ni.　　　i.tta.ko.to.ga.　　　a.ri.ma.se.n.

不曾去過日本。

● track 064

いかがですか？

衣咖嘎爹思咖
i.ka.ga.de.su.ka.
如何呢？

說　明

詢問對方是否需要此項東西，或是覺得自己的提議如何時，可以用這個字表達。是屬於比較禮貌的用法，在飛機上常聽到空姐說的「コーヒーいかがですか」，就是這句話的活用。

會　話

Ⓐ もう 一杯 コーヒーを いかがですか？

謀一 衣・趴衣 ロー he 喔 衣咖嘎爹思咖
mo.u. i.ppa.i. ko.o.hi.i.o. i.ka.ga.de.su.ka.
再來一杯咖啡如何？

Ⓑ 結構です。

開・ロー爹思
ke.kko.u.de.su.
不用了。

相　關

● ご気分は いかがですか？

狗 key 捕嗯哇　衣咖嘎爹思咖
go.ki.bu.n.wa. i.ka.ga.de.su.ka.
現在覺得怎麼樣？

● 早めに お休みに なっては いかがでしょう？

哈呀妹你 歐呀思咪你 拿・貼哇 衣咖嘎爹休—
ha.ya.me.ni. o.ya.su.mi.ni. na.tte.wa. i.ka.
ga.de.sho.u.
要不要早點休息？

● track 065

空いていますか？

阿衣貼　衣媽思咖
a.i.te.　i.ma.su.ka.
有空嗎？

説　明

「空いています」和「暇です」很像，雖然都是「有空」的意思，但是「空いています」是「有空」、「能抽出空檔」之意。而「暇です」則是「空閒」、「沒事做」的感覺。當要詢問對方是否有空的時候，最好是用「空いていますか」。「暇ですか」的感覺比較像是在問對方是不是很閒，通常是在對方是熟人或地位較低時使用。兩者的分別如下：

「空いていますか」：禮貌地詢問對方是否有空。

「暇ですか」：問熟人、朋友是否有空。或是問對方是不是很閒沒事做。

會 話 1

Ⓐ ね、涼子。来週末は　空いている？

內　溜一口　　啦衣嘘一媽此哇　阿衣貼衣嚕
ne.　ryou.ko　ra.i.shu.u.ma.tsu.wa.　a.i.te.i.ru.
涼子，下週末你有空嗎？

Ⓑ 来週？うん、空いているよ。どうしたの？

啦衣嘘一　　鳥嗯　阿衣貼衣嚕優　　兜一吸他no
ra.i.shu.u.　u.n.　a.i.te.i.ru.yo.　do.u.shi.ta.no.
下週嗎？嗯，有空啊。有什麼事嗎？

會 話 2

Ⓑ くるみ、明日は　空いているか？

哭嚕咪　　阿吸他哇　阿衣貼衣嚕咖

ku.ru.mi.　a.shi.ta.wa.　a.i.te.i.ru.ka.
久留美，明天你有空嗎？

Ⓑ うん、大丈夫だけど、何?
鳥嗯　搭衣糾－捕搭開兜　拿你
u.n. da.i.jo.u.bu.da.ke.do.　na.ni.
嗯，有空啊，什麼事嗎？

相　關

⊃ 今週は　いつが　空いていますか。
口嗯噓－哇　衣此嘎　阿衣貼衣媽思咖
ko.n.shu.u.wa.　i.tsu.ga.　a.i.te.i.ma.su.ka.
這星期哪天有空呢？

● track 066

<ruby>何<rt>なに</rt></ruby>を<ruby>考<rt>かんが</rt></ruby>えていますか？

拿你喔　咖嗯嘎せ貼　衣媽思咖
na.ni.o. ka.n.ga.e.te. i.ma.su.ka.

在想什麼？

說　明

不知道對方在想什麼，或是看到別人在若有所思的時候，要問對方在想什麼，要說「何を考えていますか」。

會　話

A さっきから　じっと　<ruby>同<rt>おな</rt></ruby>じ　ページを　<ruby>見<rt>み</rt></ruby>つめていて、何を　<ruby>考<rt>かんが</rt></ruby>えて　いるんですか？

撒・key咖啦　基・偷　歐拿基　呸ー基喔　咪此妹貼衣貼　拿你喔　咖嗯嘎せ貼　衣嚕嗯爹思咖
sa.kki.ka.ra. ji.tto. o.na.ji. pe.e.ji.o. mi.tsu.me.te.i.te. na.ni.o. ka.n.ga.e.te. i.ru.n.de.su.ka.

你從剛剛開始就一直看著同一頁，在想什麼嗎？

B あっ、<ruby>別<rt>べつ</rt></ruby>に。

阿　　背此你
a. be.tsu.ni.

啊，沒什麼。

相　關

⊃ <ruby>何<rt>なに</rt></ruby>を<ruby>考<rt>かんが</rt></ruby>えているの？

拿你喔　咖嗯嘎せ貼　衣嚕no
na.ni.o. ka.n.ga.e.te. i.ru.no.

你在想什麼？

⊃ <ruby>何<rt>なに</rt></ruby>を　<ruby>考<rt>かんが</rt></ruby>えているのか　わからない。

拿你喔　咖嗯嘎せ貼衣嚕no咖　哇咖啦拿衣

na.ni.o. ka.n.ga.e.te.i.ru.no.ka. wa.ka.ra.na.i.
我搞不懂（你）在想什麼。

➲ 女って 何を 考えて いるか 本当に わか
りません。

歐嗯拿・貼 拿你喔 咖嗯嘎せ貼 衣嚕咖 吼
嗯偷一你 哇咖哩媽誰嗯
o.n.na.tte. na.ni.o. ka.n.ga.e.te. i.ru.
ka. ho.n.to.u.ni. wa.ka.ri.ma.se.n.
我真的搞不懂女生在想什麼。

➲ メールを 返さない 人って 何を 考えて
いるの？

妹一嚕喔 咖せ撒拿衣 he倫・貼 拿你喔 咖
嗯嘎せ貼 衣嚕no
me.e.ru.o. ka.e.sa.na.i. hi.to. tte. na.ni.
o. ka.n.ga.e.te. i.ru.no.
不回信的人到底都在想什麼呢？

➲ 今さら 何を 考えて いるのよ！

衣媽撒啦 拿你喔 咖嗯嘎せ貼 衣嚕no優
i.ma.sa.ra. na.ni.o. ka.n.ga.e.te. i.ru.
no.yo.
事到如今你還在想什麼啊！

• track 067

どう思いますか?

兜一　喔謀衣媽思咖

do.u.　o.mo.i.ma.su.ka.

覺得如何?

説　明

而想詢問對方對於某件事物的看法時,則是用「どう思います」來問對方覺得如何。

會　話

Ⓐ 今回の　新曲、どう　思いますか?

口嗯咖衣no　吸嗯克優哭　兜一　歐謀衣媽思咖

ko.n.ka.i.no.　shi.n.kyo.ku.　do.u.　o.mo.i.ma.su.ka.

這次的新歌,你覺得如何?

Ⓑ すばらしいの　一言です。

思巴啦啦吸-no　he偷口偷爹思

su.ba.ra.shi.i.no.　hi.to.ko.to.de.su.

只能説很棒。

相　關

⊃ みんなは　どう思う?

咪嗯拿哇　兜一歐謀烏

mi.n.na.wa.　do.u.o.mo.u.

大家覺得如何呢?

⊃ 結婚って　どう思う。

開・口嗯・貼　兜一歐謀烏

ke.kko.n.tte.　do.u.o.mo.u.

你覺得結婚怎麼樣呢?

● track 067

⊃ レジ袋の 有料化に ついて どう 思います
か。

勒基捕哭摟no　　瘀－溜－咖你　此衣貼　兜－
歐謀衣媽思咖

re.ji.bu.ku.ro.no.　　yu.u.ryo.u.ka.ni.　　tsu.i.te.
do.u.　　o.mo.i.ma.su.ka.

關於要購買購物袋你覺得怎麼樣呢？

請求協助篇

• track 068

お願い。
ねが
歐內嘎衣
o.ne.ga.i.
拜託。

説　明

有求於人的時候，再說出自己的需求之後，再加
上一句「お願い」，就能表示自己真的很需要幫
忙。

會 話1

A お菓子を 買ってきて くれない？
歐咖吸喔　咖・貼key貼　哭勒拿衣
o.ka.shi.o.　ka.tte.ki.te.　ku.re.na.i.
幫我買些零食回來好嗎？

B 嫌だよ。
衣呀搭優
i.ya.da.yo.
不要！

A お願い！
歐內嘎衣
o.ne.ga.i.
拜託啦！

會 話2

A ホテル でございます。
吼貼嚕　爹狗紮衣媽思
ho.te.ru.　de.go.za.i.ma.su.
這裡是飯店。

B 予約を お願いします。

• track 068

優呀哭喔　歐內嘎衣吸媽思
yo.ya.ku.o.　o.ne.ga.i.shi.ma.su.
麻煩你，我想要預約。

Ⓐ いつの　お泊りですか？

衣此no　歐倫媽哩爹思咖
i.tsu.no.　o.to.ma.ri.de.su.ka.
要預約哪一天呢？

相　關

◯ お願いが　あるんですが。

歐內嘎衣嘎　阿嚕嗯爹思嘎
o.ne.ga.i.ga.　a.ru.n.de.su.ga.
有些事要拜託你。

◯ お願いします。

歐內嘎衣吸媽思
o.ne.ga.i.shi.ma.su.
拜託。

◯ 一生の　お願い！

衣・休－no　歐內嘎衣
i.ssho.u.no.　o.ne.ga.i.
這是我一生所願！

手伝ってください。
てつだ

貼此搭・貼　哭搭撒衣
te.tsu.da.tte.　ku.da.sa.i.
請幫我。

説　明

當自己一個人的能力沒有辦法負荷的時候，要請別人伸出援手時，可以說「手伝ってください」，以請求支援。

會話1

Ⓐ 大変なので 手伝って ください。
　たいへん　　　　てつだ

他衣嘿嗯拿no爹　貼此搭・貼　哭搭撒衣
ta.i.he.n.na.no.de.　te.tsu.da.tte.　ku.da.sa.i.
我忙不過來了，請幫我。

Ⓑ いいですよ。

衣－爹思唷
i.i.de.su.yo.
沒問題。

Ⓐ ありがとう。助かりました。
　　　　　　　　たす

阿哩嘎偷－　　他思咖哩媽吸他
a.ri.ga.to.u.　ta.su.ka.ri.ma.shi.ta.
謝謝，幫了我大忙。

會話2

Ⓐ ちょっと 本棚の 整理を 手伝って くれ
　　　　　ほんだな　せいり　てつだ
ない？

秋・偷　吼嗯搭拿no　誰衣哩喔　貼此搭・貼
哭勒拿衣
cho.tto.　ho.n.da.na.no.　se.i.ri.o.　te.tsu.da.
tte.　ku.re.na.i.

可以幫我整理書櫃嗎？

Ⓑ え～ 嫌だよ。

せー 衣呀搭優
e.　i.ya.da.yo.
不要。

相　關

⊃ 手伝って ちょうだい。

貼此搭・貼　秋－搭衣
te.tsu.da.tte.　cho.u.da.i.
幫幫我吧！

⊃ 手伝ってくれて ありがとう。

貼此搭・貼哭勒貼　阿哩嘎倫－
te.tsu.da.tte.ku.re.te.　a.ri.ga.to.u.
謝謝你幫我。

● track 070

これください。

口勒哭搭撒衣
ko.re.ku.da.sa.i.
請給我這個。

説　明

要求別人做什麼事的時候，後面加上ください，
就表示了禮貌，相當於是中文裡的「請」。

會 話1

Ⓐ これください。

口勒哭搭撒衣
ko.re.ku.da.sa.i.
請給我這個。

Ⓑ かしこまりました。

咖吸口媽哩媽吸他
ka.shi.ko.ma.ri.ma.shi.ta.
好的。

會 話2

Ⓐ 静かに　してください。

吸資咖你　吸貼哭搭撒衣
shi.zu.ka.ni.　shi.te.ku.da.sa.i.
請安靜一點。

Ⓑ すみません。

思咪媽誰嗯
su.mi.ma.se.n.
對不起。

●track 071

待って。

媽・貼
ma.tte.
等一下。

説　明

談話時，要請對方稍微等自己一下的時候，可以用這句話來請對方稍作等待。

會話1

Ⓐ じゃ、行ってきます。

加　衣・貼 key 媽思
ja. i.tte.ki.ma.su.
那我走囉。

Ⓑ あっ、待ってください。

阿　媽・貼哭搭撒衣
a. ma.tte.ku.da.sa.i.
啊，等一下。

會話2

Ⓐ 手紙の　中に　何と　書いてあるの？

貼嘎咪 no　拿咖你　拿嗯倫　咖衣貼阿嚕 no
te.ga.mi.no. na.ka.ni. na.n.to. ka.i.te.
a.ru.no.
信裡寫了些什麼？

Ⓑ 待っててね、胸が　どきどきして　手紙を
開けることも　できなかった。

媽・貼貼內　母內嘎　兜 key 兜 key 吸貼　貼嘎咪
喔　阿開嚕口倫謀　爹 key 拿咖・他
ma.tte.te.ne. mu.ne.ga. do.ki.do.ki.shi.te. te.
ga.mi.o. a.ke.ru.ko.to.mo. de.ki.na.ka.tta.

●track 071

等等,太緊張了還沒辦法打開來看。

相　關

○ ちょっと 待ってください。

秋・偷　媽・貼哭搭撒衣
jo.tto.　ma.tte.ku.da.sa.i.
請等一下。

○ 少々 お待ち ください。

休一休一　歐媽漆　哭搭撒衣
sho.u.sho.u.　o.ma.chi.　ku.da.sa.i.
稍等一下。

○ 待って。

媽・貼
ma.tte.
等等!

○ ちょっと 待った!

秋・偷　　媽・他
cho.tto.　ma.tta.
等等!/別跑!

許してください。

ゆる

療嚕吸貼　哭搭撒衣
yu.ru.shi.te.　ku.da.sa.i.
請原諒我。

説　明

「許す」是中文裡「原諒」的意思，加上了「く
ださい」就是請原諒我的意思。若是不小心冒犯
了對方，就立即用這句話道歉，請求對方原諒。

會　話

Ⓐ まだ　勉強中なので、間違っている　かもし
れませんが、許して　くださいね。

べんきょうちゅう　　　　　　　まちが

媽搭　背嗯克優－去－拿no爹　媽漆嘎‧貼衣嚕
咖謀吸勒媽誰嗯嘎　療魯吸貼　哭搭撒衣內
ma.da.　be.n.kyo.u.chu.u.na.no.de.　ma.chi.ga.
tte.i.ru.　ka.mo.shi.re.ma.se.n.ga.　yu.ru.shi.te.
ku.da.sa.i.ne.

我還在學習，也許會有錯誤的地方，請見諒。

Ⓑ いいえ、こちらこそ。

衣－せ　口漆啦口搜
i.i.e.　ko.chi.ra.ko.so.

彼此彼此。

相　關

⊃ お許しください。

ゆる

歐療嚕吸哭搭撒衣
o.yu.ru.shi.ku.da.sa.i.

原諒我。

⊃ まだ　初心者なので、許して　ください。

しょしんしゃ　　　　　　ゆる

媽搭　休吸嗯瞎拿no爹　療嚕吸貼　哭搭撒衣

133

●track 072

ma.da. sho.shi.n.sha.na.no.de. yu.ru.shi.te.
ku.da.sa.i.

還是初學者，請見諒。

つ 失礼が あったら お許し ください。

吸此勒一嘎 阿・他啦 歐瘀嚕吸 哭搭撒衣
shi.tsu.re.i.ga. a.tta.ra. o.yu.ru.shi.
ku.da.sa.i.

要是不禮貌的話，請原諒我。

つ 長文 お許し ください。

秋一捕嗯 歐瘀嚕吸 哭搭撒衣
cho.u.bu.n. o.yu.ru.shi. ku.da.sa.i.

請原諒我寫得很長。

つ 無知を お許し ください。

母漆喔 歐瘀嚕吸 哭搭撒衣
mu.chi.o. o.yu.ru.shi. ku.da.sa.i.

請原諒我的無知。

つ 簡単な 質問ですが、お許し ください。

咖嗯他嗯拿 吸此謀嗯爹思嘎 歐瘀嚕吸 哭搭
撒衣
ka.n.ta.n.na. shi.tsu.mo.n.de.su.ga. o.yu.
ru.shi. ku.da.sa.i.

請原諒我問這麼簡單的問題。

• track 073

来てください。

key貼哭搭撒衣
ki.te.ku.da.sa.i.
請來。

説 明

要請對方走過來、參加或是前來光臨時，都是用這句話，可以用在邀請對方的時候。

會 話

A 楽しい時間が すごせました。ありがとう ございました。

他no吸－基咖嗯嘎 思狗誰媽吸他 阿哩嘎倫－ 狗紮衣媽吸他
ta.no.shi.i.ji.ka.n.ga. su.go.se.ma.shi.ta. a.ri. ga.to.u. go.za.i.ma.su.
我渡過了很開心的時間，謝謝。

B また 遊びに 来て くださいね。

媽他 阿搜逼你 key貼 哭搭撒衣內
ma.ta. a.so.bi.ni. ki.te. ku.da.sa.i.ne.
下次再來玩吧！

相 關

⊃ 見に 来て くださいね。

咪你 key貼 哭搭撒衣內
mi.ni. ki.te. ku.da.sa.i.ne.
請來看。

⊃ 是非 ライブに 来て ください。

賊he 啦衣捕你 key貼 哭搭撒衣
ze.hi. ra.i.bu.ni. ki.te. ku.da.sa.i.
請來參加演唱會。

● track 074

もう一度。

いちど

謀－衣漆兜－

mo.u.i.chi.do.

再一次。

説　明

想要請對方再說一次，或是再做一次的時候，可
以使用這個字。另外自己想要再做、再說一次的
時候，也可以使用。

會 話 1

Ⓐ すみません。もう一度　説明して　ください。

いちど　せつめい

思咪媽誰嗯　謀－衣漆兜　誰此妹－吸貼　哭搭
撒衣

su.mi.ma.se.n.　mo.u.i.chi.do.　se.tsu.me.i.shi.
te.　ku.da.sa.i.

對不起，可以請你再說明一次嗎？

Ⓑ はい。

哈衣

ha.i.

好。

會 話 2

Ⓐ もう一度　書き直して。

いちど　　か　なお

謀－衣漆兜　咖key拿歐吸貼

mo.u.i.chi.do.　ka.ki.na.o.shi.te.

重新寫一篇。

Ⓑ 嫌だ。

いや

衣呀搭

i.ya.da.

不要。

•track 074

相　關

○ もう一度　やり直して　ください。

謀ー衣漆兜　呀哩拿歐吸貼　哭搭撒衣
mo.u.i.chi.do.　ya.ri.na.o.shi.te.　ku.da.sa.i.
請再做一次。

○ もう一度　頑張りたい。

謀ー衣漆兜　嘎嗯巴哩他衣
mo.u.i.ch.do.　ga.n.ba.ri.ta.i.
想再努力一次。

助けてください。

たす

他思開貼　哭搭撒衣
ta.su.ke.te.　ku.da.sa.i.
請幫幫我。

説　明

遇到緊急的狀況，或是束手無策的狀態時，用「助けてください」可以表示自己的無助，以請求別人出手援助。

會　話

Ⓐ 誰か　助けて　ください！

だれ　　たす

搭勒咖　他思開貼　哭搭撒衣
da.re.ka.　ta.su.ke.te.　ku.da.sa.i.
救命啊！

Ⓑ どうしましたか？

兜ー吸媽吸他咖
do.u.sh.ma.shi.ta.ka.
發生什麼事了？

相　關

⊃ 助けて。

たす

他思開貼
ta.su.ke.te.
救救我。

⊃ 誰か！

だれ

搭勒咖
da.re.ka.
救命啊！

• track 076

教えてください。
おし

歐吸せ貼哭搭撒衣

o.shi.e.te.ku.da.sa.i.

請你告訴我。／請你教我

説　明

「教えてください」是用在向對方請教事情時。
要請對方告知姓名等事情，或是教導自己某件事
情時，就可以用這句話。

會　話1

Ⓐ この部分、ちょっと　わからないので、教え
てください。
ぶぶん　　　　　　　　　　　　　　　　おし

口no捕捕嗯　秋・偷　哇咖啦拿衣no爹　歐吸せ
貼哭搭撒衣

ko.no.bu.bu.n.　cho.tto.　wa.ka.ra.na.i.no.de.
o.shi.e.te.ku.da.sa.i.

這部分我不太了解，可以請你告訴我嗎？

Ⓑ いいですよ。

衣－爹思優

i.i.de.su.yo.

好啊。

會　話2

Ⓐ お名前を　教えて　ください。
なまえ　　おし

歐拿媽せ喔　歐吸せ貼　哭搭撒衣

o.na.ma.e.o.　o.shi.e.te.　ku.da.sa.i.

請告訴我你的名字。

Ⓑ 田中次郎　です。
たなかじろう

他拿咖　基撈－爹思

ta.na.ka.　ji.ro.u.　de.su.

我叫田中次郎。

會話 3

Ⓐ この機械を どうやって 動かすか 教えて ください。

口no key咖衣喔　兜一呀・貼　烏狗咖思咖　歐
吸世貼　哭搭撒衣

ko.no.ki.ka.i.o.　do.u.ya.tte.　u.go.ka.su.ka.
o.shi.e.te.　ku.da.sa.i.

請教我怎麼操作這台機器。

Ⓑ はい、まずは…。

哈衣　媽資哇

ha.i.　ma.zu.wa.

好的，首先是…。

相　關

⊃ 手伝って ください。

貼此搭・貼　哭搭撒衣

te.tsu.da.tte.　ku.da.sa.i.

請幫我。

休_{やす}ませていただけませんか？

呀思媽誰貼　衣他搭開媽誰嗯咖

ya.su.me.se.te.　i.ta.da.ke.ma.se.n.ka.

可以讓我休息(請假)嗎？

説　明

委婉地請求讓自己做某件事時，通常使用「～させてもらえませんか」「～させていただけませんか」的句型。

會　話1

A 部長_{ぶちょう}、申_{もう}し訳_{わけ} ありませんが、今日_{きょう}は 休_{やす}ませて いただけませんか？

捕秋一　謀一吸哇開　阿哩媽誰嗯嘎　克優一哇　呀思媽誰貼　衣他搭開媽誰嗯咖

bu.cho.u.　mo.u.shi.wa.ke.　a.ri.ma.se.n.ga.　kyo.u.wa.　su.ma.se.te.　i.ta.da.ke.ma.se.n.ka.

部長，不好意思，我今天可以請假嗎？

B なんかあるの。

拿嗯咖阿嚕no

na.n.ka.　a.ru.no.

怎麼了嗎？

會　話2

A 田中_{たなか}さん。ちょっと いいですか？

他拿咖撒嗯　秋・偷　衣一爹思咖

ta.na.ka.sa.n.　cho.tto.　i.i.de.su.ka.

田中先生，你現在有空嗎？

B はい、何_{なん}ですか？

● track 077

哈衣　拿嗯爹思咖
ha.i.　na.n.de.su.ka.
有什麼事嗎？

A 明日から　来週の　水曜日まで　休ませて
いただきます。一週間　の間宜しく　お願い
します。

阿吸他咖啦　啦衣嚕－no　思衣優－逼媽爹　呀
思媽誰貼　衣他搭key媽思　衣・嚕－咖嗯　no
阿衣搭　優捜吸哭　歐內嘎衣吸媽思
a.shi.ta.ka.ra.　ra.i.shu.u.no.　su.i.yo.u.bi.
ma.de.　ya.su.ma.se.te.　i.ta.da.ki.ma.su.　i.
sshu.u.ka.n.　no.a.i.da.　yo.ro.shi.ku.　o.ne.
ga.i.shi.ma.su.

明天開始到下週的星期三我休假，這一星期就請
你多幫忙。

會話3

A 部長、姉の　結婚式が　ありますので、金曜日
に　休ませて　いただきたいのですが。

捕秋－　阿內no　開・口吸吸key嘎　阿哩媽思no
爹　key嗯優－逼你　呀思媽誰貼　衣他搭key他
衣no爹思嘎
bu.cho.u.　a.ne.no.　ke.kko.n.shi.ki.ga.　a.ri.
ma.su.no.de.　ki.n.yo.u.b i.ni.　ya.su.ma.se.te.
i.ta.da.ki.ta.i.no.de.su.

部長，因為我姊姊要結婚了，星期五可以請假嗎？

B いいよ。

衣－優
i.i.yo.
好啊。

相　　關

○ 体調が　悪いので、今日は　休ませて　いただ
けませんか？

他衣秋一嘎　哇嚕衣no爹　克優一哇　呀思媽誰
貼　衣他搭開媽誰嗯咖

ta.i.cho.u.ga.　wa.ru.i.no.de.　kyo.u.wa.　ya.
su.ma.se.te.　i.ta.da.ke.ma.se.n.ka.

我今天身體不舒服，可以讓我休息(請假)嗎？

○ 課長、その仕事は　私に　させてください。

咖秋一　搜no吸狗偷哇　哇他吸你　撒誰貼哭搭
衣

ka.cho.u.　so.no.shi.go.to.wa.　wa.ta.shi.ni.
sa.se.te.ku.da.sa.i.

課長，這個工作請讓我做。

○ すみません。電話を　使わせて　いただけませ
んか？

思咪媽誰嗯　爹嗯哇喔　此咖哇誰貼　衣他搭開
媽誰嗯咖

su.mi.ma.se.n.　de.n.wa.o.　tsu.ka.wa.se.te.
i.ta.da.ke.ma.se.n.ka.

不好意思，電話可以讓我使用電話嗎？

● track 078

もらえませんか？

謀啦せ媽誰嗯咖
mo.ra.e.ma.se.n.ka.
可以嗎？

說　明

比起「いただけませんか」，「もらえません
か」比較沒有那麼正式，但也是禮貌的說法，也
是用於請求對方的時候。

會　話

Ⓐ 辞書を ちょっと 見せて もらえません
か？

基休喔　秋・偷　咪誰貼　謀啦せ媽誰嗯咖
ji.sho.o. cho.tto. mi.se.te. mo.ra.e.ma.se.n.ka.
字典可以借我看看嗎？

Ⓑ はい、どうぞ。

哈衣　兜一走
ha.i. do.u.zo.
好的，請。

相　關

⊃ 教えて もらえませんか？

歐吸せ貼　謀啦せ媽誰嗯咖
o.shi.e.te. mo.ra.e.ma.se.n.ka.
可以教我嗎？

⊃ 傘を 貸して もらえませんか？

咖撒喔　咖吸貼　謀啦せ媽誰嗯咖
ka.sa.o. ka.shi.te. mo.ra.e.ma.se.n.ka.
可以借我雨傘嗎？

●track 079

くれない？

哭勒拿衣
ku.re.na.i.
可以嗎？／可以給我嗎？

説　明

和「ください」比較起來，不那麼正式的說法，和朋友說話的時候，可以用這個說法，來表示希望對方給自己東西或是幫忙。

會　話

Ⓐ これ、買って くれない？

口勒　咖・貼　哭勒拿衣
ko.re.　ka.tte.　ku.re.na.i.
這可以買給我嗎？

Ⓑ いいよ。たまには プレゼント。

衣一優　他媽你哇　撲勒賊嗯倫
i.i.yo.　ta.ma.ni.wa.　pu.re.ze.n.to.
好啊，偶爾也送你些禮物。

相　關

⟳ 待ってくれない？

媽・貼哭勒拿衣
ma.tte.ku.re.na.i.
可以等我一下嗎？

⟳ 絵の描き方を 教えてくれませんか？

せno咖key咖他喔　歐吸せ貼哭勒媽誰嗯咖
e.no.ka.ki.ka.ta.o.　o.shi.e.te.ku.re.ma.se.n.ka.
可以教我怎麼畫畫嗎？

145 ●

● track 080

ちょっとお伺いしたいん
ですが。

秋・偷　歐烏咖嘎衣　吸他衣嗯　爹思嘎
cho.tto.　o.u.ka.ga.i.　shi.ta.i.n.　de.su.ga.
我想請問一下。

説　明

「…たいんですが」是向對方表達自己想要做什
麼，比如說想要發問，或是想要購買物品之類的
情況，就可以用這個句子。除此之外，如果是想
表達「想要某樣東西」的時候，則可以使用「…
がほしいんですが。」

會 話1

Ⓐ ちょっと　お伺い　したいん　ですが。

秋・偷　歐烏咖嘎衣　吸他衣嗯　爹思嘎
cho.tto.　o.u.ka.ga.i.　shi.ta.i.n.　de.su.ga.
請問一下。

Ⓑ はい。どういったこと　でしょうか？

哈衣　兜一衣・他口偷　爹休一咖
ha.i.　do.u.i.tta.ko.to.　de.sho.u.ka.
好的，有什麼事呢？

會 話2

Ⓐ あの、ちょっと　お伺いしたい　ことが
あって　お電話したんですが

阿no　秋・偷　歐烏咖嘎衣　吸他衣　口偷嘎
阿・貼　歐爹嗯哇吸他嗯爹思嘎
a.no.　cho.tto.　o.u.ka.ga.i.shi.ta.i.　ko.to.ga.
　　a.tte.　o.de.n.wa.shi.ta.n.de.su.ga.

● track 080

不好意思，我因為有事想請教，所以打了這通電話。

Ⓑ はい。どのような ご用件 でしょうか？

哈衣　兜no優－拿　狗優－開嗯　爹休一咖
ha.i.　do.no.yo.u.na.　go.yo.u.ke.n.　de.sho.u.ka.

好的，請問有什麼問題呢？

會話3

Ⓐ あの…、ちょっと お伺いしたいの ですが。

阿no　秋・倫　歐烏咖嘎衣　吸他衣no　爹思嘎
a.no.　cho.tto.　o.u.ka.ga.i.shi.ta.i.no.　de.su.ga.

呃…請問一下。

Ⓑ はい、なんでしょうか？

哈衣　拿嗯爹休一咖
ha.i.　na.n.de.sho.u.ka.

什麼事呢？

147 ●

個人喜好篇

● track 081

いいです。
衣－爹思
i.i.de.su.
好啊。

説　明

覺得一件事物很好，可以在該名詞前面加上「い
い」，來表示自己的正面評價。除了形容事物之
外，也可以用來形容人的外表、個性。

會　話

Ⓐ こちらの　スカートは　どうですか？
口漆啦no　思咖－偷哇　兜－爹思咖
ko.chi.ra.no.　su.ka.a.to.wa.　do.u.de.su.ka.
這件裙子如何呢？

Ⓑ いいですね。じゃ、これ　ください。
衣－爹思内　加　口勒　哭搭撒衣
i.i.de.su.ne.　ja.　ko.re.　ku.da.sa.i.
看起來不錯！我買這一件。

相　關

⊃ これで　いいですか？
口勒爹　衣－爹思咖
ko.re.de.　i.i.de.su.ka.
這樣可以嗎？

よくない。

優哭拿衣
yo.ku.na.i.
不太好。

説　明

日本人講話一向都以委婉、含蓄為特色，所以在表示自己不同的意見時，也不會直說。要是覺得不妥的話，很少直接說「だめ」，而是會用「よくない」來表示。而若是講這句話時語尾的音調高，則是詢問對方覺得如何的意思。

會　話

Ⓐ 見て、このワンピース。これよくない？

咪貼　口no哇嗯披－思　口勒優哭拿衣
mi.te.　ko.no.wa.n.pi.i.su.　ko.re.yo.ku.na.i.
你看，這件洋裝，很棒吧！

Ⓑ うん…。まあまあだなあ。

烏嗯　媽－媽－搭拿－
u.n.　ma.a.ma.a.da.na.a.
嗯，還好吧！

相　關

⊃ 盗撮は　よくないよ。

偷－撒此哇　優哭拿衣優
to.u.sa.tsu.wa.　yo.ku.na.i.yo.
偷拍是不好的行為。

⊃ 一人で　行くのは　よくないですか？

he偷哩爹　衣哭no哇　優哭拿衣爸思咖
hi.to.ri.de.　i.ku.no.wa.　yo.ku.na.i.de.su.ka.
一個人去不好嗎？

じょうず
上手。

糾一資

jo.u.zu.

很拿手。

説　明

事情做得很好的意思,「～が上手です」就是很會做某件事的意思。另外常聽到稱讚人很厲害的「うまい」這個字,比較正式有禮貌的講法就是「上手です」。

會　話

A 日本語が　上手ですね。

　　你吼嗯狗嘎　糾一資爹思內

　　ni.ho.n.go.ga.　jo.u.zu.de.su.ne.

　　你的日文真好呢!

B いいえ、まだまだです。

　　衣一せ　媽搭媽搭爹思

　　i.i.e.　ma.da.ma.da.de.su.

　　不,還差得遠呢!

相　關

⟳ 字が　上手ですね。

　　基嘎　糾一資爹思內

　　ji.ga.　jo.u.zu.de.su.ne.

　　字寫得好漂亮。

⟳ お上手を　言う。

　　歐糾一資喔　衣烏

　　o.jo.u.zu.o.　i.u.

　　説得真好。/真會説。

●track 083

下手。
嘿他
he.ta.
不擅長。/笨拙。

説　明

事情做得不好，或是雖然用心做，還是表現不佳的時候，就會用這個字來形容，也可以用來謙稱自己的能力尚不足。

會　話

A 前田さんの　趣味は　何ですか？

媽せ搭嗯no　嘘咪哇　拿嗯爹思咖
ma.e.da.sa.n.no.　shu.mi.wa.　na.n.de.su.ka.
前田先生的興趣是什麼？

B 絵が好きですが、下手の横好きです。

せ嘎思key爹思嘎　嘿他no優口資key爹思
e.ga.su.ki.de.su.ga.　he.ta.no.　yo.ko.zu.ki.de.su.
我喜歡畫畫，但還不太拿手。

相　關

◯ 料理が　下手だ。

溜一哩嘎　嘿他搭
ryo.u.ri.ga.　he.ta.da.
不會作菜。

◯ 下手な　言い訳は　よせよ。

嘿他拿　衣一哇開哇　優誰優
he.ta.na.　i.i.wa.ke.wa.　yo.se.yo.
別説這些爛理由了。

● track 084

苦手。
你嘎貼
ni.ga.te.
不喜歡。／不擅長。

説　明

當對於一件事不拿手，或是不喜歡的時候，可以用這個字來表達。另外像是不敢吃的東西、害怕的人……等，也都可以用這個字來代替。

會話1

Ⓐ わたし、運転するのは　どうも　苦手だ。
哇他吸　烏嗯貼嗯思嚕no哇　兜一謀　你嘎貼搭
wa.ta.shi.　u.n.te.n.su.ru.no.wa.　do.u.mo.
ni.ga.te.da.
我實在不太會開車。

Ⓑ わたしも。怖いから。
哇他吸謀　口哇衣咖啦
wa.ta.shi.mo.　ko.wa.i.ka.ra.
我也是，因為開車是件可怕的事。

會話2

Ⓐ 泳がないの？
歐優嘎拿衣no
o.yo.ga.na.i.no.
你不游嗎？

Ⓑ わたし、水が　苦手なんだ。
哇他吸　咪資嘎　你嘎貼拿嗯搭
wa.ta.shi.　mi.zu.ga.　ni.ga.te.na.n.da.
我很怕水。

好きです。

思key爹思
su.ki.de.su.
喜歡。

説　明

無論是對於人、事、物，都可用「好き」來表示自己很中意這樣東西。用在形容人的時候，有時候也有「愛上」的意思，要注意使用的對象喔！

會　話1

Ⓐ 作家で　一番好きなのは　誰ですか？

撒・咖爹　衣漆巴嗯思keyno哇　搭勒爹思咖
sa.kka.de.　i.chi.ba.n.su.ki.na.no.wa.　da.re.de.su.ka.
你最喜歡的作家是誰？

Ⓑ 遠藤周作です。

世嗯兜一嘘一撒哭爹思
e.n.do.u.shu.u.sa.ku.de.su.
遠藤周作。

會　話2

Ⓐ どんな　音楽が　すきなの？

兜嗯拿　歐嗯嘎哭嘎　思key拿no
do.n.na.　o.n.ga.ku.ga.　su.ki.na.no.
你喜歡什麼類型的音樂呢？

Ⓑ ジャズが　好き。

加思嘎　思key
ja.zu.ga.　su.ki.
我喜歡爵士樂。

相 關

つ 愛子ちゃんのことが 好きだ！

阿衣口搪嗯no口偷嘎　思key搭
a.i.ko.cha.n.no.ko.to.ga.　su.ki.da.
我最喜歡愛子了。

つ 日本料理が 大好き！

你吼嗯溜－哩嘎　搭衣思key
ni.ho.n.ryo.u.ri.ga.　da.i.su.ki.
我最喜歡日本菜。

つ 泳ぐことが 好きです。

歐優古口偷嘎　思key爹思
o.yo.gu.ko.to.ga.　su.ki.de.su.
我喜歡游泳。

嫌_{きら}いです。

key啦衣爹思

ki.ra.i.de.su.

不喜歡。

説　明

相對於「好き」，「嫌い」則是討厭的意思，不喜歡的人、事、物，都可以用這個字來形容。

會　話

Ⓐ 苦手_{にがて}な　ものは　何_{なん}ですか？

你嘎貼拿　謀no哇　拿嗯爹思咖

ni.ga.te.na.　mo.no.wa.　na.n.de.su.ka.

你不喜歡什麼東西？

Ⓑ 虫_{むし}です。虫_{むし}が　嫌_{きら}いです。

母吸爹思　母吸嘎　key啦衣爹思

mu.shi.de.su. mu.shi.ga.　ki.ra.i.de.su.

昆蟲。我討厭昆蟲。

相　關

➲ 負_まけず嫌_{ぎら}いです。

媽開資個衣啦衣爹思

ma.ke.zu.gi.ra.i.de.su.

好強。／討厭輸。

➲ おまえなんて　大嫌_{だいきら}いだ！

歐媽せ拿嗯貼　搭衣key啦衣搭

o.ma.e.na.n.te.　da.i.ki.ra.i.da.

我最討厭你了！

気に入ってます。

key你衣・貼媽思

ki.ni.i.tte.ma.su.

中意。

説 明

在談話中，要表示自己對很喜歡某樣東西、很在意某個人、很喜歡做某件事時，都能用這個字來表示。

會 話 1

A これ、手作りの 手袋です。気に入って いただけたら うれしいです。

口勒 貼資哭哩no 貼捕哭捜爹思 key你衣・貼衣他搭開他啦 烏勒吸ー爹思

ko.re. te.du.ku.ri.no. te.bu.ku.ro.de.su. ki.ni.i.tte.i.ta.da.ke.ta.ra. u.re.shi.i.de.su.

這是我自己做的手套。希望你會喜歡。

B ありがとう。かわいいね。

阿哩嘎偷ー 咖哇衣ー內

a.ri.ga.to.u. ka.wa.i.i.ne.

謝謝。真可愛耶！

會 話 2

A これ、私の 手作り なんだ。気に 入って くれたら いいな。

口勒 哇他吸no 貼資哭哩 拿嗯搭 key你 衣・貼 哭勒他啦 衣ー拿

ko.re. wa.ta.shi.no. te.zu.ku.ri. na.n.da. ki.ni.i.tte. ku.re.ta.ra. i.i.na.

這是我親手做的，希望你會喜歡。

Ⓑ ありがとう。

阿哩嘎偷一
a.ri.ga.to.u.
謝謝。

相　關

⊃ そんなに気に入ってない。

搜嗯拿你　key你衣‧貼拿衣
so.n.na.ni.　ki.ni.i.tte.na.i.
不是那麼喜歡。

開心感嘆篇

やった！

呀・他

ya.tta.

太棒了！

説　明

當自己總於完成了某件事，或者是事情的發展正
合自己所願時，就可用這個字表示興奮的心情。
而若是遇到了幸運的事，也可以用這個字來表示。
另外可拉長音為「やったー」。

會　話 1

Ⓐ ただいま。

他搭衣媽

ta.da.i.ma.

我回來了。

Ⓑ お帰り、今日の ご飯は すき焼きよ。

歐咖せ哩　克優－no　狗哈嗯哇　思key呀key優

o.ka.e.ri.　kyo.u.no.　go.ha.n.wa.　su.ki.ya.ki.
yo.

歡迎回家。今天吃壽喜燒喔！

Ⓐ やった！

呀・他

ta.tta.

太棒了！

會　話 2

Ⓐ やった！採用を もらったよ！

呀・他　撒衣優－喔　謀啦・他優

ya.tta.　sa.i.yo.u.o.　mo.ra.tta.yo.

太棒了，我被錄取了。

B おめでとう！よかったね。

歐妹爹偷ー 優咖・他內

o.me.de.to.u. yo.ka.tta.ne.

恭喜你，真是太好了。

會 話3

A はい、潤ちゃんの 勝ち。

哈衣 居嗯掐嗯no 咖漆

ha.i. ju.n.cha.n.no. ka.chi.

好，小潤贏了。

B やった！

呀・他

ya.tta.

太棒了！

すごい。

思狗衣
su.go.i.
真厲害。

説 明

「すごい」一詞可以用在表示對事情的評價很高，
也可以用來稱讚人事物。

會 話 1

Ⓐ この指輪、自分で 作ったんだ。

ロno瘀逼哇　基捕嗯爹　此哭·他嗯搭
ko.no.yu.bi.wa.　ji.bu.n.de.　tsu.ku.tta.n.da.
這戒指，是我自己做的喔！

Ⓑ わあ、すごい！

哇－　思狗衣
wa.a.　su.go.i.
哇，真厲害。

會 話 2

Ⓐ この 小説は 凄いです。

ロno　休－誰此哇　思狗衣爹思
ko.no.　sho.u.se.tsu.wa.　su.go.i.de.su.
這本小説很棒。

Ⓑ そうですね。今年の ベストセラー だそう
です。

搜－爹思内　ロ偷吸no　背思偷誰啦－　搭搜－
爹思
so.u.de.su.ne.　ko.to.shi.no.　be.su.to.se.ra.
a.　da.so.u.de.su.
對啊，聽説是今年最暢銷的書。

相　關

つ すごい顔つき。

思狗衣　咖歐此key
su.go.i.ka.o.tsu.ki.
表情非常可怕。

つ すごい　雨です。

思狗衣　阿妹爹思
su.go.i.　a.me.de.su.
好大的雨。

つ すごい　人気。

思狗衣　你嗯key
su.go.i.ni.n.ki.
非常受歡迎。

さすが。

撒思嘎

sa.su.ga.

真不愧是。

説　明

當自己覺得對人、事、物感到佩服時，可以用來
這句話來表示對方真是名不虛傳。

會　話

A 篠原さん、このプレイヤーの　使い方を
教えて　くれませんか？

吸no哈啦撒嗯　口no撲勒衣呀一no　此咖衣咖他
喔　歐吸せ貼　哭勒媽誰嗯咖

shi.no.ha.ra.sa.n.　ko.no.pu.re.i.ya.a.no.　tsu.
ka.i.ka.ta.o.　o.shi.e.te.　ku.re.ma.se.n.ka.

篠原先生，可以請你教我怎麼用這臺播放器嗎？

B ああ、これは簡単です。このボタンを　押す
と、再生が　始まります。

阿一　口勒哇　咖嗯他嗯爹思　口no玻他嗯喔
歐思偷　撒衣せ一嘎　哈基媽哩媽思

a.a.　ko.re.wa.　ka.n.ta.n.de.su.　ko.no.bo.ta.
n.o.　o.su.to.　sa.i.se.i.ga.ha.ji.ma.ri.ma.su.

啊，這個很簡單。先按下這個按鈕，就會開始播
放了。

B さすがですね。

撒思嘎爹思內

sa.su.ga.de.su.ne.

真不愧是高手。

相　關

⊃ さすが！

撒思嘎

sa.su.ga.

名不虛傳！

⊃ さすがプロです。

撒思嘎撲撲參思

sa.su.ga.pu.ro.de.su.

果然很專業。

⊃ さすが日本一の名店です。

撒思嘎　你吼嗯衣漆no　妹一貼嗯參思

sa.su.ga.　ni.ho.n.i.chi.no.　me.i.te.n.de.su.

真不愧是日本第一的名店。

• track 091

よかった。

優咖・他

yo.ka.tta.

還好。／好險。

説 明

原本預想事情會有不好的結果，或是差點就鑄下
大錯，但還好事情是好的結果，就可以用這個字
來表示自己鬆了一口氣，剛才真是好險的意思。

會 話 1

Ⓐ 教室に 財布を 落としたんですが。

克優一吸此你　撒衣夫喔　歐偷吸他嗯爹思嘎

kyo.u.shi.tsu.ni.　sa.i.fu.o.　o.to.shi.ta.n.de.su.
ga.

我的皮夾掉在教室裡了。

Ⓑ この赤い 財布ですか？

口 no 阿咖衣　撒衣夫爹思咖

ko.no.a.ka.i.　sa.i.fu.de.su.ka.

是這個紅色的皮包嗎？

Ⓐ はい、これです。よかった。

哈衣　口勒爹思　優咖・他

ha.i.　ko.re.de.su.　yo.ka.tta.

對，就是這個。真是太好了。

會 話 2

Ⓐ 大学に 合格した！

搭衣嘎哭你　狗一咖哭吸他

da.i.ga.ku.ni.　go.u.ka.ku.si.ta.

我考上大學了。

● track 091

Ⓑ おめでとう！よかったね。

歐妹爹偷－　優咖・他内
o.me.de.to.u.　yo.ka.tta.ne.
恭喜你，真是太好了。

相 關

⊃ 間に合って　よかったね。

媽你阿・貼　優咖・他内
ma.ni.a.tte.　yo.ka.tta.ne.
還好來得及。

⊃ 日本に来て　よかった。

你吼嗯你key貼　優咖・他
ni.ho.n.ni.ki.te.　yo.ka.tta.
還好有來日本。

⊃ それは　よかった。

搜勒哇　優咖・他
so.re.wa.　yo.ka.tta.
那真是太好了。

おめでとう。

歐妹爹偷－
o.me.de.to.u.
恭喜。

説　明

聽到了對方的好消息，或是在過年等特別的節日時，想要向別人表達祝賀之意的時候，可以用這個字來表示自己的善意。

會　話

Ⓐ 優勝した！

瘀一休--吸他
yu.sho.u.shi.ta.
我們得到冠軍了。

Ⓑ 凄い！おめでとう。

思狗衣　歐妹爹偷－
su.go.i.　o.me.de.to.u.
太厲害了！恭喜！

相　關

⊃ お誕生日　おめでとう。

歐他嗯糾一逼　歐妹爹偷－
o.ta.n.jo.u.bi.　o.me.de.to.u.
生日快樂。

⊃ 明けまして　おめでとう　ございます。

阿開媽吸貼　歐妹爹偷－　狗紮衣媽思
a.ke.ma.shi.te.　o.me.de.to.u.　go.za.i.ma.su.
新年快樂。

⊃ ご結婚　おめでとう　ございます。

狗開・口嗯　歐妹爹偷－　狗紮衣媽思
go.ke.kko.n.　o.me.de.to.u.　go.za.i.ma.su.
新婚快樂。

⊃ 昇進　おめでとう

休一吸嗯　歐妹爹偷－
sho.u.shi.n.　o.me.de.to.u.
恭喜升遷。

⊃ お引越し　おめでとう。

歐he口吸　歐妹爹偷－
o.hi.kko.shi.　o.me.de.to.u.
祝賀搬家。

最高。
さいこう

撒衣ロー
sa.i.ko.u.
超級棒。／最好的。

説　明

用來形容自己在自己的經歷中覺得非常棒、無與倫比的事物。除了有形的物品之外，也可以用來形容經歷、事物、結果等。

會　話

A ここからの　ビューは最高ね。
さいこう

口口咖啦no　逼瘵－哇　撒衣ロー內
ko.ko.ka.ra.no.　byu.u.wa.　sa.i.ko.u.ne.
從這裡看出去的景色是最棒的。

B うん。素敵だね。
すてき

烏嗯　思貼key搭內
u.n.　su.te.ki.da.ne
真的很棒。

相　關

⊃ この映画は　最高に　面白かった！
えいが　　さいこう　　おもしろ

口noせ－嘎哇　撒衣ロー你　歐謀吸撲咖‧他
ko.no.e.i.ga.wa.　sa.i.ko.u.ni.　o.mo.shi.ro.ka.tta.
這部電影是我看過最好看、有趣的。

⊃ 最高の　夏休みだ。
さいこう　　なつやすみ

撒衣ロー no　拿此呀思咪搭
sa.i.ko.u.no.　na.tsu.ya.su.mi.da.
最棒的暑假。

• track 093

素晴らしい！

思巴啦吸—

su.ba.ra.shi.i.

真棒！／很好！

説 明

想要稱讚對方做得很好，或是遇到很棒的事物時，都可以「素晴らしい」來表示自己的激賞之意。

會 話

Ⓐ あの人の 演奏は どう？

阿nohe偷no 廿嗯搜—哇 兜—

a.no.hi.to.no. e.n.so.u.wa. do.u.

那個人的演奏功力如何？

Ⓑ いやあ、素晴らしいの 一言だ。

衣呀— 思巴啦吸—no he偷口偷搭

i.ya.a. su.ba.ra.shi.i.no. hi.to.ko.to.da.

只能用「很棒」這個詞來形容。

相 關

⊃ このアイデアは ユニークで 素晴らしいです。

口no阿衣爹阿哇 瘵你—哭爹 思巴啦吸—爹思

ko.ni.a.i.de.a.wa. yu.ni.i.ku.de. su.ba.ra.shi.
i.de.su.

這個想法真獨特，實在是太棒了。

⊃ わたしも 行けたら なんと 素晴らしいだろう。

哇他洗謀 衣開他啦 拿嗯偷 思巴啦吸—搭摟—

wa.ta.shi.mo. i.ke.ta.ra. na.n.to. su.ba.ra.shi.
i.da.ro.u.

要是我也能去就好了。

当たった。

阿他・他

a.ta.tta.

中了。

説　明

「当たった」帶有「答對了」、「猜中了」的意思，一般用在中了彩券、樂透之外。但有時也會用在得了感冒、被石頭打到等之類比較不幸的事情。

會　話

Ⓐ 宝くじが　当たった！

他咖啦哭基嘎　阿他・他

ta.ka.ra.ku.ji.ga.　a.ta.tta.

我中樂透了！

Ⓑ 本当？

吼嗯偷—

ho.n.to.u.

真的嗎？

相　關

◯ 抽選で　パソコンが　当たった！

去—誰嗯爹　趴搜口嗯嘎　阿他・他

chu.u.se.n.de.　pa.so.ko.n.ga.　a.ta.tta.

我抽中電腦了。

◯ 飛んできた　ボールが　頭に　当たった。

偷嗯爹key他　玻—嚕嘎　阿他媽你　阿他・他

to.n.de.ki.ta.　bo.o.ru.ga.　a.ta.ma.ni.　a.ta.tta.

被飛來的球打到頭。

●track 095

ラッキー！

啦・key—
ra.kki.i.
真幸運。

説　明

用法和英語中的「lucky」的意思一樣。遇到了自己覺得幸運的事情時，就可以使用。

會　話

A ちょうど エレベーターが 来た。行こうか？

秋—兜　世勒背—他—嘎　key他　衣口—咖
cho.u.do.　e.re.be.e.ta.a.ga.　ki.ta.　i.ko.u.ka.
剛好電梯來了，走吧！

B ラッキー！

啦・key—
ra.kki.i.
真幸運！

相　關

❍ ラッキーな 買い物を した。

啦・key—拿　咖衣謀no喔　吸他
ra.kki.i.na.　ka.i.mo.no.o.　shi.ta.
很幸運買到好多西。

❍ 今日の ラッキーカラーは 緑です。

克優—no　啦・key—咖啦—哇　咪兜哩爹思
kyo.u.no.　ra.kki.i.ka.ra.a.wa.　mi.do.ri.de.su.
今天的幸運色是綠色。

ほっとした。

吼・倫吸他

ho.tto.shi.ta.

鬆了一口氣。

説　明

對於一件事情曾經耿耿於懷、提心吊膽，但獲得
解決後，放下了心中的一塊大石頭，就可以說這
句「ほっとした」，來表示鬆了一口氣。

會　話

A 先生と　相談したら、なんか　ほっとした。

誰嗯誰－倫　搜－搭嗯吸他啦　拿嗯咖　吼・倫
吸他

se.n.se.i.to.　so.u.da.n.shi.ta.ra.　na.n.ka.　ho.
tto.shi.ta.

和老師談過之後，覺得輕鬆多了。

B よかったね。

優咖・他內

yo.ka.tta.ne.

那真是太好了。

相　關

⊃ ほっとする　場所が　ほしい！

吼・倫思嚕　巴休嘎　吼吸－

ho.tto.su.ru.　ba.sho.ga.　ho.shi.i.

沒有可以喘口氣的地方。

⊃ 里香ちゃんの　笑顔に　出会うと　ほっとしま
す。

哩咖搋no　세嘎歐你　爹阿烏倫　吼・倫吸媽思

● track 096

ri.ka.cha.n.no. e.ga.o.ni. de.a.u.to. ho.tto.
shi.ma.su.

看到里香你的笑容就覺得鬆了一口氣。

➲ 試験が 終わって ほっとする。

吸開嗯嘎 喔哇・貼 吼・偷思嚕

shi.ke.n.ga. o.wa.tte. ho.tto.su.ru.

考試結束我鬆了口氣。

➲ それを 聞いて ほっと 安心した。

捜勒喔 key－貼 吼・偷 阿嗯吸嗯吸他

so.re.o. ki.i.te. ho.tto. a.n.shi.n.shi.ta.

聽到之後鬆了口氣。

➲ あなたが 無事で ほんとうに ほっとした。

阿拿他嘎 捕基爹 吼嗯偷一你 吼・偷吸他

a.na.ta.ga. bu.ji.de. ho.n.to.u.ni. ho.
tto.shi.ta.

你沒事讓我鬆了口氣。

楽しかった。
たの

他no 吸咖・他

ta.no.shi.ka.tta.

真開心。

説　明

這個字是過去式，也就是經歷了一件很歡樂的事
或過了很愉快的一天後，會用這個字來向對方表
示自己覺得很開心。

會　話

Ⓐ 今日は　楽しかった。
きょう　　たの

克優一哇　他no 吸咖・他

kyo.u.wa.　ta.no.shi.ka.tta.

今天真是開心。

Ⓑ うん、また一緒に　遊ぼうね。
　　　　　いっしょ　　あそ

烏嗯　媽他衣・休你　阿搜破一內

u.n.　ma.ta.i.ssho.ni.　a.so.bo.u.ne.

是啊，下次再一起玩吧！

相　關

⊃ とても　楽しかったです。
　　　　たの

偷貼謀　他no 吸咖・他爹思

to.te.mo.　ta.no.shi.ka.tta.de.su.

覺得十分開心。

⊃ 今日も　一日楽しかった。
きょう　　いちにちたの

克優一謀　衣漆你漆　他no 吸咖・他

kyo.u.mo.　i.chi.ni.chi.　ta.no.shi.ka.tta.

今天也很開心。

不滿抱怨篇

ひどい。

he 兜衣

hi.do.i.

真過份！／很嚴重。

説・明

當對方做了很過份的事，或說了十分傷人的話，要向對方表示抗議時，就可以用「ひどい」來表示。另外也可以用來表示事情嚴重的程度，像是雨下得很大，房屋裂得很嚴重之類的。

會話1

Ⓐ 人の 悪口を 言うなんて、ひどい！

he 偷 no 哇嚕哭漆喔 衣烏拿嗯貼 he 兜衣

hi.to.no. wa.ru.ku.chi.o. i.u. na.n.te. hi.do.i.

說別人壞話真是太過份了。

Ⓑ ごめん。

狗妹嗯

go.me.n.

對不起。

會話2

Ⓐ 雨が ひどいですね。

阿妹嘎 he 兜衣爹思內

a.me.ga.hi.do.i.de.su.ne.

好大的雨啊！

Ⓑ そうですね。本当に ひどい雨ですね。

搜一爹思內 吼嗯偷一你 he 兜衣阿妹爹思內

so.u.de.su.ne. ho.n.to.u.ni. hi.do.i.a.me.de.

su.ne.

對啊，真的下好大喔！

うるさい。

烏嚕撒衣
u.ru.sa.i.
很吵。

説　明

覺得很吵，深受噪音困擾的時候，可以用這句話來形容嘈雜的環境。另外當受不了對方碎碎念，這句話也有「你很吵耶！」的意思。

會 話 1

Ⓐ 音楽の 音が うるさいです。静かに して ください。

歐嗯嘎哭no歐倫嘎　烏嚕撒衣爹思　吸資咖你吸貼　哭搭撒衣
o.n.ga.ku.no.o.to.ga.　u.ru.sa.i.de.su.　shi.zu.ka.ni.　shi.te.　ku.da.sa.i.
音樂聲實在是太吵了，請小聲一點。

Ⓑ すみません。

思咪媽誰嗯
su.me.ma.se.n.
對不起。

會 話 2

Ⓐ 今日、どこに 行ったの？

克優－　兜口你　衣・他no
kyo.u.　do.ko.ni.　i.tta.no.
你今天要去哪裡？

Ⓑ うるさいなあ、放っといてくれよ。

烏嚕撒衣拿－　吼－・倫衣貼哭勒優
u.ru.sa.i.na.a.　ho.u.tto.i.te.ku.re.yo.
真囉嗦，別管我啦！

関係ない。
かんけい

咖嗯開－拿衣

ka.n.ke.i.na.i.

不相關。

説　明

日文中的「関係」和中文的「關係」意思相同，
「ない」則是沒有的意思，所以這個字和中文中
的「不相關」的用法相同。

會 話 1

Ⓐ この仕事は　四十代にも　できますか？
しごと　よんじゅうだい

口no吸狗偷哇　優嗯居－搭衣你謀　爹key媽思咖

ko.no.shi.go.to.wa.　yo.n.ju.u.da.i.ni.mo.　de.
ki.ma.su.ka.

四十多歲的人也可以做這個工作嗎？

Ⓑ 歳なんて　関係ないですよ。
とし　かんけい

偷吸拿嗯貼　咖嗯開－拿衣爹思優

to.shi.na.n.te.　ka.n.ke.i.na.i.de.su.yo.

這和年紀沒有關係。

會 話 2

Ⓐ 何を　隠してるの？
なに　かく

拿你喔　咖哭吸貼嚕no

na.ni.o.　ka.ku.shi.te.ru.no.

你在藏什麼？

Ⓑ お母さんには　関係ない！聞かないで。
かあ　かんけい　き

歐咖－撒嗯嗯哇　咖嗯開－拿衣　key咖拿衣爹

o.ka.a.sa.n.ni.wa.　ka.n.ke.i.na.i.　ki.ka.na.i.de.

和媽媽你沒有關係，別問了。

● track 101

いい気味だ。

衣－key咪搭

i.i.ki.mi.da.

活該。

説 明

覺得對方的處境是罪有應得時，會說「いい気味だ」來說對方真是活該。

會 話 1

Ⓐ 先生に 怒られた。

誰嗯誰－你 歐口啦勒他

se.n.se.i.ni. o.ko.ra.re.ta.

我被老師罵了。

Ⓑ いい気味だ。

衣－key咪搭

i.i.ki.mi.da.

活該！

會 話 2

Ⓐ 田中が 課長に 注意された そうだ。

他拿咖嘎 咖秋ㄨ－你 去ㄨ衣撒勒他 搜ㄨ他

ta.na.ka.ga. ka.cho.u.ni. chu.u.i.sa.re.ta. so.u.da.

聽説田中被課長罵了。

Ⓑ いい気味だ！ あの人のことは 大嫌いな
の。

衣－key咪搭 阿nohe偷no口偷嘎 搭衣key啦衣
拿no

i.i.ki.mi.da. a.no.hi.to.no.ko.to.ga. da.i.ki.ra.
i.na.no.

活該！我最討厭他了。

Ⓐ うん、私も。 気分が すっとしたよ。

烏嗯　哇他吸謀　key捕嗯嘎　思・倫吸他優

u.n. wa.ta.shi.mo. ki.bu.n.ga. su.tto.shi.ta.
yo.

我也是，這樣一來心情好多了。

● track 102

ずるい

資嚕衣

zu.ru.i.

真奸詐。／真狡猾。

説　明

這句話帶有抱怨的意味，覺得對方做這件事真是狡猾，對自己來說實在不公平的時候，就可以用這句話來表示。

會　話

Ⓐ また　宝くじが　当たった！

媽他　他咖啦哭基嘎　阿他・他

ma.ta.　ta.ka.ra.ku.ji.ga.　a.ta.tta.

我又中彩券了！

Ⓑ 佐藤君が　うらやましいなあ！神様は本当に　ずるいよ！

撒倫－哭嗯嘎　烏啦呀媽吸－拿－　咖咪撒媽哇
　　吼嗯倫－你　資嚕衣優

sa.to.u.ku.n.ga.　u.ra.ya.ma.shi.i.na.a.　ka.mi.
sa.ma.wa.　ho.n.to.u.ni.　zu.ru.i.yo.

佐藤，我真羨慕你。老天爺也太狡猾不公平了吧！

相　關

⊃ それは　ずるい　やり方　です。

搜勒哇　資嚕衣　呀哩咖他　爹思

so.re.wa.　zu.ru.i.　ya.ri.ka.ta.　de.su.

那樣做太狡猾了。

⊃ そんな　ずるい　まねを　しないで。

搜嗯拿　資嚕衣　媽內喔　吸拿衣爹

so.n.na. zu.ru.i. ma.ne.o. shi.na.i.de.

不要做那麼下流的招數。

○ ここは ひとつ ずるい手を 使うか。

ロロ哇 he偷此 資嚕衣貼喔 此咖烏咖
ko.ko.wa. hi.to.tsu. zu.ru.i.te.o. tsu.
ka.u.ka.

要不要用些小手段呢？

○ 私に 言わない なんて ずるいよ。

哇他吸你 衣哇拿衣 拿嗯貼 資嚕衣優
wa.ta.shi.ni. i.wa.na.i. na.n.te. zu.ru.
i.yo.

竟然不告訴我，真是太奸詐了。

つまらない。

此媽啦拿衣

tsu.ma.ra.na.i.

真無趣。

説 明

形容人、事、物很無趣的時候，可以用這個字來形容。也可以用在送禮的時候，謙稱自己送的禮物只是些平凡無奇的小東西。

會話1

A この 番組、面白い？

口 no 巴嗯古咪　歐謀吸捜衣

mo.no.ba.n.gu.mi.　o.mo.shi.ro.i.

這節目好看嗎？

B すごく　つまらない！

思狗哭　此媽啦拿衣

su.go.ku.　tsu.ma.ra.na.i.

超無聊的！

會話2

A つまらない　ものですが、どうぞ。

此媽啦拿衣　謀 no 爹思嘎　兜－走

tsu.ma.ra.na.i.　mo.no.de.su.ga.　do.u.zo.

一點小意思，請笑納。

B ありがとう　ございます。

阿哩嘎倫－　狗紫衣媽思

a.ri.ga.to.u.　go.za.i.ma.su.

謝謝你。

嘘つき。
_{うそ}

烏搜此key

u.so.tsu.ki.

騙子。

説　明

日文「嘘」就是謊言的意思。「嘘つき」是表示
說謊的人，也就是騙子的意思。如果遇到有人不
守信用，或是不相信對方所說的話時，就可以用
這句話來表示抗議。

會話 1

Ⓐ ごめん、明日、行けなく なっちゃった。
　　　　　　　_{あした}　_い

狗妹嗯　阿吸他　衣開拿哭　拿・掐・他

go.me.n.　a.shi.ta.　i.ke.na.ku.　na.ccha.tta.

對不起，明天我不能去了。

Ⓑ ひどい！パパの嘘つき！
　　　　　　　　_{うそ}

he兜衣　　趴趴no烏搜此key

hi.do.i.　pa.pa.no.u.so.tsu.ki.

真過份！爸爸你這個大騙子。

會話 2

Ⓐ 彼と　会わなかったん　だって、うそつき。
　　_{かれ}　_あ

咖勒偷　阿哇拿咖・他嗯　搭・貼　烏搜此key

ka.re.to.　a.wa.na.ka.tta.n.　da.tte.　u.
so.tsu.ki.

竟然說沒見他，騙子。

Ⓑ えっ？本当に　会ってないよ。
　　　　_{ほんとう}　_あ

世　吼嗯偷ー你　阿・貼拿衣優

e.　ho.n.to.u.ni.　a.tte.na.i.yo.

什麼？我真的沒見他啊。

相 關

⊃ うっそー！

烏・搜－
u.sso.u.
騙人！

⊃ 嘘^{うそ}つき！

烏搜此key
u.so.tsu.ki.
騙子！

⊃ 嘘^{うそ}を つかない。

烏搜喔　此咖拿衣
u.so.o.　tsu.ka.na.i.
我不騙人。

損した。

そん

搜嗯吸他

so.n.shi.ta.

虧大了。

説　明

「損」和中文中的「損失」意思相同。覺得自己
吃虧了，或是後悔做了某件造成自己損失的事情，
就可以用「損した」來表示生氣懊悔之意。

會 話 1

A 昨日の 飲み会、どうして 来なかったの？
　 きのう　　の　かい　　　　　　　　　こ
　 先生が 全部 払って くれたのに。
　 せんせい　　ぜんぶ　はら

克優－no　no咪咖衣　兜一吸貼　口拿咖・他no
　誰嗯誰一嘎　賊嗯捕　哈啦・貼　哭勒他no你
ki.no.u.no.　no.mi.ka.i.　do.u.shi.te.　ko.na.ka.
tta.no.　se.n.se.i.ga.　ze.n.bu.　ha.ra.tte.　ku.
re.ta.no.ni.

昨天你怎麼沒來聚會？老師請客耶！

B 本当？ああ、損した。
　 ほんとう　　　　そん

吼嗯偷一　阿一　搜嗯吸他
ho.n.to.u.　a.a.　so.n.shi.ta.

真的嗎？那真是虧大了。

會 話 2

A この小説、ネットで ただで 読めるよ。
　 　　しょうせつ　　　　　　　　よ

口no休一誰此　內・偷no　他搭搭　優妹嚕優
ko.no.sho.u.se.tsu.　ne.tto.de.　ta.da.de.
yo.me.ru.yo.

這部小說可以在網路上免費讀喔。

B 本当？ああ、買って 損した。

吼嗯偷ー 阿ー 咖・貼 搜嗯吸他
Ho.n.to.u.　a.a.　ka.tte.　so.n.shi.ta.

真的嗎？唉，買了真是虧大了。

相　關

⊃ 買って 損した。

咖・貼　搜嗯吸他
ka.tte.　so.n.shi.ta.

買了真是我的損失。

⊃ 百万円を 損した。

合呀哭媽嗯喔　搜嗯吸他
hya.ku.ma.n.e.n.o.　so.n.shi.ta.

損失了一百萬。

⊃ 知らないと 損する。

吸啦拿衣偷　搜嗯思嚕
shi.ra.na.i.to.　so.n.su.ru.

不知道就虧大了。

がっかり。

嘎・咖哩

ga.kka.ri.

真失望。

説　明

對人或事感覺到失望的時候，可以用這個字來表現自己失望的情緒。

會話1

Ⓐ 合格　できなかった。がっかり。

狗ー咖哭　爹key拿咖・他　嘎・咖哩

go.u.ka.ku.　de.ki.na.ka.tta.　ga.kka.ri.

我沒有合格，真失望。

Ⓑ また　次の機会が　あるから、元気を　出して。

媽他　此個衣nokey咖衣嘎　阿嚕咖啦　給嗯key喔　搭吸貼

ma.ta.　tsu.gi.no.ki.ka.i.ga.　a.ru.ka.ra.　ge.n.ki.o.　da.shi.te.

下次還有機會，打起精神來。

會話2

Ⓐ ああ、彼女に　ふられると　思わなかった。

阿ー　咖no糾你　夫啦勒嚕偷　歐謀哇拿咖・他

a.a.　ka.no.jo.ni.　fu.ra.re.ru.to.　o.mo.wa.na.ka.tta.

沒想到會被女朋友給甩了！

Ⓑ がっかりするなよ、人生って　そんなもんではないでしょう？

嘎・咖哩思嚕拿優　基嗯誰ー貼　搜嗯拿謀嗯

• track 106

爹哇拿衣爹休－

ga.kka.ri.su.ru.na.yo.　ji.n.se.i.tte.　so.n.na.
mo.n.　de.wa.na.i.de.sho.u.

看開一點吧，人生不是只有戀愛吧！

相　關

➲ がっかりした。

嘎・咖哩吸他
ga.kka.ri.shi.ta.
真失望。

➲ がっかりするな。

嘎・咖哩思嚕拿
ga.kka.ri.su.ru.na.
別失望。

➲ がっかりな　結果。

嘎・咖哩拿　開・咖
ga.kka.ri.na.　ke.kka.
令人失望的結果。

ショック。

休・哭
sho.kku.
受到打擊。

説　明

受到了打擊而感到受傷，或是發生了讓人感到震
憾的事情，都可以用這個字來表達自己嚇一跳、
震驚、受傷的心情。

會 話 1

Ⓐ 最近、太った でしょう？

撒衣key嗯　夫偷・他　參休ー
sa.i.ki.n.　fu.to.tta.　de.sho.u.
你最近胖了嗎？

Ⓑ えっ！ショック！

世　休・哭
e.　sho.kku.
什麼！打擊真大！

會 話 2

Ⓐ 先生に 叱られた、ショック！

誰嗯誰ー你　吸咖啦勒他　休・哭
se.n.se.i.ni.　shi.ka.ra.re.ta.　sho.kku.
我被老師罵了，打擊真大！

Ⓑ ほら、だから 言ったでしょう。

吼啦　搭咖啦　衣・他參休
ho.ra.　da.ka.ra.　i.tta.de.sho.u.
你看，我就説吧。

● track 107

相 關

つ つらい ショックを 受けた。
此啦衣　休・哭喔　鳥開他
tsu.ra.i.　sho.kku.o.　u.ke.ta.
真是痛苦的打擊。

つ へえ、ショック！
せ　休・哭
he.e.　sho.kku.
什麼？真是震驚。

つ ショックです。
休・哭爹思
sho.kku.de.su.
真是嚇一跳。

まいった。

媽衣・他
ma.i.tta.
甘拜下風。/敗給你了。

説明

當比賽的時候想要認輸時，就可以用這句話來表示。另外拗不對方，不得已只好順從的時候，也可以用「まいった」來表示無可奈何。

會話1

A まいったな。よろしく 頼しかないな。

媽衣・拿　　　優撲吸哭　　　他no母吸咖拿衣
ma.i.tta.na.　yo.ro.shi.ku.　ta.no.mu.shi.ka.na.
i.na.

我沒輒了，只好交給你了。

B 任せてよ！

媽咖誰貼優
ma.ka.se.te.yo.

交給我吧。

會話2

A まいったなあ。わたしの 負け。

媽衣・他拿一　哇他吸no 媽開
ma.i.tta.na.a.　　wa.ta.shi.no.　ma.ke.

敗給你了，我認輸。

B ラッキー！

啦・key一
ra.kki.i.

真幸運！

相　關

○ まいった！許して、ください。

媽衣・他　瘀嚕吸貼　哭搭撒衣
ma.i.tta.　yu.ru.shi.te.　ku.da.sa.i.
我認輸了，請願諒我。

○ ああ、痛い。まいった！

阿一　衣他衣　媽衣・他
a.a.　i.ta.i.　ma.i.tta.
好痛喔，我認輸了。

○ まいりました。

媽衣哩媽吸他
ma.i.ri.ma.shi.ta.
甘拜下風。

仕方がない。
しかた

吸咖他嘎拿衣
shi.ka.ta.ga.na.i.
沒辦法。

説　明

遇到了沒辦法解決，或是沒得選擇的情況時，可
以用這句話表示「沒轍了」、「沒辦法了」。不
得已要順從對方時，也可以用這句話來表示。

會 話 1

Ⓐ できなくて、ごめん。

爹key拿哭貼　狗妹嗯
de.ki.na.ku.te.　go.me.n.
對不起，我沒有辦到。

Ⓑ 仕方が　ないよね、素人　なんだから。
しかた　　　　　　しろうと

吸咖他嘎　拿衣優內　吸捜鳥偷　拿搭咖啦
shi.ka.ta.ga.　na.i.yo.ne.　shi.ro.u.to.　na.n.da.
ka.ra.
沒辦法啦，你是外行人嘛！

會 話 2

Ⓐ 部長が　海外に　異動される　なんて、残念
ぶちょう　かいがい　いどう　　　　　　　ざんねん
です。

捕秋一嘎　咖衣嘎衣你　衣兜一撒勒嚕　拿嗯貼
紫嗯內嗯爹思
bu.cyo.u.ga.　ka.i.ga.i.ni.　i.do.u.sa.re.ru.
na.n.te.　za.n.ne.n.de.su.
部長要調到國外真是太可惜了。

Ⓑ 寂しいけど、仕方が　ないね。
さび　　　　　しかた

撒逼吸一開兜　吸咖他嘎　拿衣內

• track 109

sa.bi.shi.i.ke.do.　　shi.ka.ta.ga.　na.i.ne.
雖然我也覺得很寂寞，但這也沒辦法。

相　關

➲ 仕方が　ありません。

吸咖他嘎　阿哩媽誰嗯
shi.ka.ta.ga.　a.ri.ma.se.n.
沒辦法。

➲ 仕方ないね。

吸咖他拿衣內
shi.ka.ta.na.i.ne.
沒轍了。

➲ 大丈夫だよ、　それは　仕方が　ないよね。

搭衣糾－捕優　搜勒哇　吸咖他嘎　拿衣優內
da.i.jo.u.bu.da.yo.　so.re.wa.　shi.ka.ta.ga.
na.i.yo.ne.
沒關係啦，這也是無可奈何的事。

●track 110

嫌だ。
いや

衣呀搭

i.ya.da.

才不要。

説　明

這個字是討厭的意思。對人、事、物感到極度厭惡的時候，可以使用。但若是隨便說出這句話，可是會讓對方受傷的喔！

會話1

Ⓐ 寒いから　手を　繋ごう。
さむ　　　　て　　　つな

撒母衣咖啦　貼喔　此拿狗一

sa.mu.i.ka.ra.　te.o.　tsu.na.go.u.

好冷喔，我們手牽手好了。

Ⓑ 嫌だ。
いや

衣呀搭

i.ya.da.

才不要。

會話2

Ⓐ ちょっと　手伝って　くれない？
てつだ

秋・偷　貼此搭・貼　哭勒拿衣

cho.tto.　te.tsu.da.tte.　ku.re.na.i.

可以幫我整理一下嗎？

Ⓑ また？もう　嫌だよ。
いや

媽他　謀一　衣呀搭優

ma.ta.　mo.u.　i.ya.da.yo.

又來了？好煩喔！

● track 110

相　關

➲ 嫌ですよ。

衣呀爹思優
i.ya.de.su.yo.
才不要咧。

➲ 嫌なんです。

衣呀拿嗯爹思
i.ya.na.n.de.su.
不喜歡。

➲ 嫌な人。

衣呀拿he偷
i.ya.na.hi.to.
討厭的人。

むり
無理。

母哩

mu.ri.

不可能。

説　明

絕對不可能做某件事，或是事情發生的機率是零的時候，就會用「無理」來表示絕不可能，也可以用來拒絕對方。

會話 1

Ⓐ 僕と 付き合って くれない？

玻哭偷　此key阿・貼　哭勒拿孃

bo.ku.to.　tsu.ki.a.tte.　ku.re.na.i.

請和我交往。

Ⓑ ごめん、無理です！

狗妹嗯　母哩爹思

go.me.n.　mu.ri.de.su.

對不起，那是不可能的。

會話 2

Ⓐ 立てるか？

他貼嚕咖

ta.te.ru.ka.

站得起來嗎？

Ⓑ 無理だ！足が 痛くて たまらない。

母哩搭　阿吸嘎　衣他哭貼　他媽啦拿衣

mu.ri.da.　a.shi.ga.　i.ta.ku.te.　ta.ma.ra.na.i.

不行！腳痛得受不了。

• track 111

相 關

➲ 無理無理！

母哩母哩
mu.ri.　　mu.ri.
不行不行。

➲ 絶対無理だ。

賊・他衣母哩搭
ze.tta.i.mu.ri.da.
絕對不可能。

➲ 無理だよ。

母哩搭唷
mu.ri.da.yo.
不行啦！

大変。
<ruby>大<rt>たい</rt>変<rt>へん</rt></ruby>。

他衣嘿嗯

ta.i.he.n.

真糟。／難為你了。

説　明

在表示事情的情況變得很糟，事態嚴重時，可以用使用這個字。另外在聽對方慘痛的經歷時，也可以用這個字，來表示同情之意。

會話1

Ⓐ <ruby>携帯<rt>けいたい</rt></ruby>が　<ruby>落<rt>お</rt></ruby>ちました。

鬧－他－嘎　歐漆媽吸他

ke.i.ta.i.ga.　o.chi.ma.shi.ta.

我的手機掉了。

Ⓑ あらっ、<ruby>大変<rt>たいへん</rt></ruby>です！

阿啦　他衣嘿嗯爹思

a.ra.　ta.i.he.n.de.su.

真是不好了。

會話2

Ⓐ もう　<ruby>七時<rt>しちじ</rt></ruby>だ！

謀－　吸漆基搭

mo.u.　shi.chi.ji.da.

已經七點了！

Ⓑ あらっ、<ruby>大変<rt>たいへん</rt></ruby>！<ruby>急<rt>いそ</rt></ruby>がなくちゃ。

阿啦　他衣嘿嗯　衣搜嘎拿哭掐

a.ra.　ta.i.he.n.　i.so.ga.na.ku.cha.

啊，糟了！要快點才行。

● track 112

相　關

‥ 大変ですね。

他衣嘿嗯爹思內
ta.i.he.n.de.su.ne.
真是辛苦你了。

‥ すごく 大変です。

思狗哭　他衣嘿嗯爹思
su.go.ku. ta.i.he.n.de.su.
真辛苦。/很嚴重。

‥ 大変 失礼しました。

他衣嘿嗯　吸此勒－吸媽吸他
ta.i.he.n. shi.tsu.re.i.shi.ma.shi.ta.
真的很抱歉。

面倒くさい。

妹嗯兜－哭撒衣

me.n.do.u.ku.sa.i.

真麻煩。

説 明

「面倒」有麻煩的意思，而麻煩別人，就是自己
受到了照顧，所以這個字也有照顧人的意思。

會 話 1

A 新しい 仕事は どうだ？

阿他啦吸－ 吸狗偷哇 兜－搭

a.ta.ra.shi.i. shi.go.to.wa. do.u.da.

新工作的狀況如何？

B それがね、ちょっと 面倒な ことに なっ
たのよ。

搜勒嘎內 秋・偷 妹嗯兜－拿 口偷你
拿・他no優

so.re.ga.ne. cho.tto. me.n.do.u.na. ko.to.ni.
na.tta.no.yo.

這個啊，好像惹出大麻煩了。

會 話 2

A 仕事なんて 面倒くさいなあ。

吸狗偷拿嗯貼 妹嗯兜－哭撒衣拿－

shi.go.to.na.n.te. me.n.do.u.ku.sa.i.na.a.

工作真麻煩。

B そんな事 言わないで。ちゃんと しなさ
い。

搜嗯拿口偷 衣哇拿衣爹 掐嗯偷 吸拿撒衣

so.n.na.ko.to. i.wa.na.i.de. cha.n.to.

---

shi.na.sa.i.

別這這種話，好好幹。

相　關

⊃ ああ、面倒くさい！

阿ー　妹嗯兜ー哭撒衣
a.a.　　me.n.do.u.ku.sa.i.
真麻煩！

⊃ 面倒な　手続き。

妹嗯兜ー拿　貼此資key
me.n.do.u.na.　te.tsu.zu.ki.
麻煩的手續。

⊃ 面倒を　見る。

妹嗯兜ー喔　咪嚕
me.n.do.u.o.　mi.ru.
照顧。

バカ。

巴咖

ba.ka.

笨蛋。

説　明

這個字對讀者來說應該並不陌生，但是在說話時要注意自己的口氣，若是加重了口氣說，就會變成辱罵別人的話，而不像是開玩笑了，所以在對話當中，還是要謹慎使用。

會話1

Ⓐ あなたは 何も わかっていない。ケンちゃんの バカ！

阿拿他哇　拿你謀　哇咖‧貼衣拿衣　開嗯加嗯－no　巴咖

a.na.ta.wa. na.ni.mo. wa.ka.tte.i.na.i. ke.n.cha.n.no. ba.ka.

你什麼都不懂，小健你這個大笨蛋！

Ⓑ 何だよ！わけ わからない。

拿嗯搭優　哇開哇咖啦拿衣

na.n.da.yo. wa.ke.wa.ka.ra.na.i.

什麼啊！莫名其妙。

會話2

Ⓐ 彼は くびに なったよ。

咖勒哇　哭逼你　拿‧他優

ka.re.wa. ku.bi.ni. na.tta.yo.

他被開除了。

Ⓑ そんな バカな。

搜嗯拿　巴咖拿

so.n.na.　　ba.ka.na.
怎麼可能有這種事。

相　關

⊃ わたしの　バカ。

哇他吸no　巴咖
wa.ta.shi.　no.ba.ka.
我真是笨蛋。

⊃ バカに　するな！

巴咖你　思嚕拿
ba.ka.ni.　su.ru.na.
不要把我當笨蛋。／少瞧不起人。

⊃ そんな　バカな。

搜嗯拿　巴咖拿
so.n.na.　ba.ka.na.
哪有這麼扯的事。

なんだ。

拿嗯搭

na.n.da.

什麼嘛！

説　明

對於對方的態度或說法感到不滿，或者是發生的事實讓人覺得不服氣時，就可以用這個字來說。就像是中文裡的「什麼嘛！」「搞什麼啊！」。

會　話 1

Ⓐ 先に　お金を　入れて　ボタンを　押すのよ。

搬key你　歐咖內喔　衣勒貼　玻他嗯喔　歐思no優

sa.ki.ni.　o.ka.ne.o.　i.re.te.　bo.ta.n.o.　o.su.no.yo.

先投錢再按按鈕。

Ⓑ なんだ、そういう　ことだったのか！

拿嗯搭　捜一衣烏　口偷搭・他no咖

na.n.da.　so.u.i.u.　ko.to.da.tta.no.ka.

什麼嘛，原來是這樣喔！

會　話 2

Ⓐ おはよう。

歐哈優一

o.ha.yo.u.

早安。

Ⓑ なんだ、誰かと　思ったら　きみか。

拿嗯搭　搭勒咖倫　歐謀・他啦　key咪咖

na.n.da.　da.re.ka.to.　o.mo.tta.ra.　ki.

● track 115

mi.ka.

什麼啊，我還以為是誰，原來是你啊。

Ⓐ そんな 冷たいこと 言わないでよ、せっか
く 会いに 来たのに。

搜嗯拿　此妹他衣口偷　衣哇拿衣爹優　誰・咖
哭　阿衣你　key他no你

so.n.na.　　tsu.me.ta.i.ko.to.　　i.wa.na.i.de.yo.
　se.kka.ku.　　a.i.ni.　　ki.ta.no.ni.

別這麼冷淡嘛，我是特地來找你耶。

相　關

⟳ なんだよ！

拿嗯搭優
na.n.da.yo.
搞什麼嘛！

⟳ なんだ！これは！

拿嗯搭　口勒哇
na.n.da.　　ko.re.wa.
這是在搞什麼！

最低。

撒衣貼－

sa.i.te.i.

真惡劣。

説　明

「最低」一般是指事物的最低標準，像是「最少應有多少人」、「至少該做什麼」等用法。但是用在形容人或物的時候，就變成了很嚴苛的形容詞了，如果覺得對方實在過份，無法原諒的時候，就可以用「最低」來形容對方。

會　話1

Ⓐ ね、玲子とわたし、どっちが　きれい？

　　內　　勒－口偷哇他吸　兜・漆嘎　key勒－

　　ne.　re.i.ko.to.wa.ta.shi.　do.cchi.ga.　ki.re.i.

　　我和玲子，誰比較漂亮？

Ⓑ もちろん　玲子の方が　きれい。

　　謀漆撈嗯　勒－口no吼－嘎　key勒－

　　mo.chi.ro.n.　re.i.ko.no.ho.u.ga.　ki.re.i.

　　當然是玲子比較漂亮啊！

Ⓐ もう、あなた　最低！

　　謀－　阿拿他　撒衣貼－

　　mo.u.　a.na.ta.　sa.i.te.i.

　　什麼！你真可惡！

會　話2

Ⓐ コンサートは　どうだった？

　　口嗯撒－偷哇　兜－搭・他

　　ko.n.sa.a.to.wa.　do.u.da.tta.

　　音樂會怎麼樣？

● track 116

B 今日の 演奏は 最低だった。がっかり。

克優－no　世嗯捜－哇　撒衣貼衣搭・他　嘎・
咖哩

kyo.u.no.　e.n.so.u.wa.　sa.i.te.i.da.tta.
ga.kka.ri.

今天的演奏差到極點，真讓人失望。

相　關

➲ 今度の 試験は 最低だった。

口嗯兜no　吸開嗯哇　撒衣貼－搭・他
ko.n.do.no.　shi.ke.n.wa.　sa.i.te.i.da.tta.

這次考試真是太糟了。

➲ あの人は 最低だ。

阿nohe偷哇　　撒衣貼－搭
a.no.hi.to.wa.　sa.i.te.i.da.

那個人真糟。

●track 117

しまった。

吸媽・他
shi.ma.tta.
糟了！

做了一件蠢事，或是發現忘了做什麼時，可以用
這個字來表示。相當於中文裡面的「糟了」、
「完了」。

會　話

Ⓐ しまった！カレーに 味醂を 入れちゃっ
た。

吸媽・他　咖勒一你　咪哩嗯喔　衣勒掐・他
shi.ma.tta. ke.re.e.ni. mi.ri.n.o. i.re.cha.tta.
完了，我把味醂加到咖哩裡面了。

Ⓑ えっ！じゃあ、夕食は 外で 食べようか？

せ　加一　瘀一休哭哇　搜偷爹　他背優一咖
e. ja.a. yu.u.sho.ku.wa. so.to.de. ta.be.
yo.u.ka.
什麼！那…，晚上只好去外面吃了。

相　關

⊃ 宿題を 家に 忘れて しまった。

嘘哭搭衣喔　衣せ你　哇思勒貼　吸媽・他
shu.ku.da.i.o. i.e.ni. wa.su.re.te. shi.ma.tta.
我把功課放在家裡了。

⊃ しまった！パスワードを 忘れちゃった。

吸媽・他　趴思哇一兜喔　哇思勒掐・他
shi.ma.tta. pa.su.wa.a.do.o. wa.su.re.cha.tta.
完了！我忘了密碼。

● track 118

おかしい。

歐咖吸－

o.ka.shi.i.

好奇怪。

説　明

覺得事情怪怪的，或者是物品的狀況不太對，可以用這個字來形容。另外要是覺得人或事很可疑的話，也可以用這個字來說明。

會　話

Ⓐ あれ、おかしいなあ。

阿勒　歐咖吸－拿－

a.re.　o.ka.shi.i.na.a.

疑，真奇怪。

Ⓑ 何が あったの？

拿你咖　阿・他no

na.ni.ga.　a.tta.no.

怎麼了？

相　關

⊃ それは おかしいですよ。

搜勒哇　歐咖吸－爹思優

so.re.wa.　o.ka.shi.i.de.su.yo.

那也太奇怪了吧！

⊃ 何が そんなに おかしいんですか？

拿你嘎　搜嗯拿你　歐咖吸－爹思咖

na.ni.ga.　so.n.na.ni.　o.ka.shi.i.n.de.su.ka.

有什麼奇怪的嗎？

別に。

背此你
be.tsu.ni.
沒什麼。／不在乎。

説　明

「別に」是「沒什麼」的意思，帶有「沒關係」的意思。但引申出來也有「管它的」之意，如果別人問自己意見時，回答「別に」，就有一種「怎樣都行」的輕蔑感覺，十分的不禮貌。

會 話 1

Ⓐ 無理しないで。わたしは　別に　いいよ。

母哩吸拿衣爹　　哇他吸哇　背此你　衣一優
mu.ri.shi.na.i.de.　wa.ta.shi.wa.　be.tsu.ni.i.i.yo.

別勉強，別在乎我的感受。

Ⓑ ごめん。じゃあ　今日は　パス。

狗妹嗯　　加一　　克優一哇　趴思
go.me.n.　ja.a.　kyo.u.wa.　pa.su.

對不起，那我今天就不參加了。

會 話 2

Ⓐ なんなの？

拿嗯拿no
na.n.na.no.

怎麼回事？

Ⓑ 別に。

背此你
be.tsu.ni.

沒什麼？

⊃ 別に どこが 気に入らない というわけ で
はないんですが。

背此你　兜口嘎　key你衣啦拿衣　偷衣烏哇開
爹哇拿衣嗯爹思嘎

be.tsu.ni.do.ko.ka.　ki.ni.i.ra.na.i.　to.i.u.wa.
ke.de.wa.　na.i.n.de.su.ga.

也不是特別不喜歡。

⊃ 別に 断る 理由は 見当たらない。

別此你　口偷哇嚕　哩瘀一哇　咪阿他啦拿衣
be.tsu.ni.　ko.to.wa.ru.　ri.yu.u.wa.　mi.a.ta.
ra.na.i.

沒有找到什麼可以拒絕的特別理由。

• track 120

どいて。

兜衣貼

do.i.te.

讓開！

説　明

生氣的時候，對於擋住自己去路的人，會用這句話來表示。若是一般想向人說「借過」的時候，要記得說「すみません」，會比較禮貌喔！

會話1

Ⓐ ちょっと　どいて。

秋・倫　兜衣貼

cho.tto.　do.i.te.

借過一下！

Ⓑ あ、ごめん。

阿　狗妹嗯

a.　go.me.n.

啊，對不起。

會話2

Ⓐ 邪魔を　するな。どいて。

加媽喔　思嚕拿　兜衣貼

ja.ma.o.　su.ru.na.　do.i.te.

別擋路，讓開。

Ⓑ 失礼な。

吸此勒一拿

shi.tsu.re.i.na.

真沒禮貌。

相 關

つ どけ！

兜開
do.ke.
讓開！

つ どいて くれ！

兜衣貼　哭勒
do.i.te.　ku.re.
給我滾到一邊去。

つ どいて ください。

兜衣貼　哭搭撒衣
do.i.te.ku.da.sa.i.
請讓開。

まったく。

媽・他哭
ma.tta.ku.
真是的！

説　明

「まったく」有「非常」「很」的意思，可以用來表示事情的程度。但當不滿對方的作法，或是覺得事情很不合理的時候，則會用「まったく」來表示「怎麼會有這種事！」的不滿情緒。

會　話

🅐 まったく。今日も わたしが 掃除するの？

媽・他哭 克優ー謀 哇他吸嘎 搜ー基思嚕no
ma.tta.ku. kyo.u.mo. wa.ta.shi.ga. so.u.ji.
su.ru.no.
真是的！今天也是要我打掃嗎！

🅑 だって、由紀の ほうが 掃除上手 じゃない？

搭・貼 瘀keyno吼ー嘎 搜ー基糾ー資 加拿衣
da.tte. yu.ki.no. ho.u.ga. so.u.ji.jo.u.zu.
 ja.na.i.
因為由紀你比較會打掃嘛！

相　關

⊃ 彼にも まったく 困ったものだ。

咖勒你謀 媽・他哭 口媽・他謀no搭
ka.re.ni.mo. ma.tta.ku. ko.ma.tta.mo.no.da.
真拿他沒辦法。

● track 121

⊃ まったく 存じません。

媽・他哭 走嗯基媽誰嗯
ma.tta.ku. zo.n.ji.ma.se.n.
一無所悉。

⊃ 全く 馬鹿げた 話だ。

媽・他哭 巴咖給他 哈拿吸搭
ma.tta.ku. ba.ka.ge.ta. ha.na.shi.da.
真是太扯了。

⊃ あの時は 全く どうかして いたんだ。

阿no偷key哇 媽・他哭 兜一咖吸貼 衣他嗯搭
a.no.to.ki.wa. ma.tta.ku. do.u.ka.shi.te.
i.ta.n.da.
那時真不知是怎麼了。

⊃ 彼にも 全く 困った ものだ。

咖勒你謀 媽・他哭 口媽・他 謀no搭
ka.re.ni.mo. ma.tta.ku. ko.ma.tta.
mo.no.da.
他真是個讓人頭痛的人物。

けち。

開漆
ke.chi.
小氣。

説明

日文中的小氣就是「けち」，用法和中文相同，可以用來形容人一毛不拔。

會話 1

Ⓐ 見せて くれたって いいじゃない、けち！

咪誰貼　哭勒他・貼　衣ー加拿衣　開漆
mi.se.te.　ku.re.ta.tte.　i.i.ja.na.i.　ke.chi.

讓我看一下有什麼關係，真小氣。

Ⓑ 大事な ものだから だめ。

搭衣基拿　謀no搭咖啦　搭妹
da.i.ji.na.　mo.no.da.ka.ra.　da.me.

因為這是很重要的東西，所以不行。

會話 2

Ⓐ 梅田君は 本当に けちな 人だね。

烏妹搭哭嗯哇　吼嗯偷ー你　開漆拿　he偷搭內
u.me.da.ku.n.wa.　ho.n.to.u.ni.　ke.chi.na.　hi.to.da.ne.

梅田真是個小氣的人耶！

Ⓑ そうよ。お金持ち なのに。

搜ー優　歐咖內謀漆　拿no你
so.u.yo.　o.ka.ne.mo.chi.　na.no.ni.

對啊，明明就是個有錢人。

飽<ruby>き<rt>あ</rt></ruby>きた。

阿 key 他

a.ki.ta.

膩了。

説　明

對事情覺得厭煩了，就可以用動詞再加上「飽き
た」來表示不耐煩，例如：「食べ飽きた」代表
吃膩了。

會　話

A <ruby>今日<rt>きょう</rt></ruby>も　オレンジジュースを　<ruby>飲<rt>の</rt></ruby>みたいなあ。

克優ー謀　歐勒嗯基居ー思喔　no咪他衣拿ー

kyo.u.mo.　o.re.n.ji.ju.su.o.　no.mi.ta.i.na.a.

今天也想喝柳橙汁。

B また？<ruby>毎日<rt>まいにち</rt></ruby><ruby>飲<rt>の</rt></ruby>むのは　もう<ruby>飽<rt>あ</rt></ruby>きたよ。

媽他　媽衣你漆no母no哇　謀ー阿 key 他優

ma.ta.　ma.i.ni.chi.no.mu.no.wa.　mo.u.ka.ki.
ta.yo.

還喝啊！每天都喝，我已經膩了！

相　關

⊃ <ruby>聞<rt>き</rt></ruby>き<ruby>飽<rt>あ</rt></ruby>きた。

keykey 阿 key 他

ki.ki.a.ki.ta.

聽膩了。

⊃ <ruby>飽<rt>あ</rt></ruby>きっぽい。

阿 key・剖衣

a.ki.ppo.i.

三分鐘熱度。

かんべん
勘弁してよ。

咖嗯背嗯　吸貼優
ka.n.be.n.　shi.te.yo.

饒了我吧！

説　明

已經不想再做某件事，或者是要請對方放過自己時，就會用這句話，表示自己很無奈、無能為力的感覺。

會　話

A また　カップラーメン？勘弁　してよ。

媽他　咖・撲啦―妹嗯　咖嗯背嗯　吸貼優
ma.ta.　ka.ppu.ra.a.me.n.　ka.n.be.n.　shi.te.yo.

又要吃泡麵？饒了我吧。

B 料理を　作る　暇が　ないから。

溜―哩喔　此哭嚕　he媽嘎　拿衣咖啦
ryo.u.ri.o.　tsu.ku.ru.　hi.ma.ga.　na.i.ka.ra.

因為我沒時間作飯嘛！

相　關

➲ 勘弁して　くれよ。

咖嗯背嗯吸貼　哭勒優
ka.n.be.n.shi.te.　ku.re.yo.

饒了我吧！

➲ 勘弁して　ください。

咖嗯背嗯吸貼　哭搭撒衣
ka.n.be.n.shi.te.　ku.da.sa.i.

請放過我。

track 125

遅(おそ)い。

歐搜衣

o.so.i.

遲了。／真慢。

說　明

當兩人相約，對方遲到時，可以用「遅い！」來抱怨對方太慢了。而當這個字用來表示事物的時候，則是表示時間不早了，或是後悔也來不及了的意思。

會　話1

A 子供(こども)の　ころ、もっと　勉強(べんきょう)して　おけば　よかった。

口兜謀no　口摟　謀・偷　背嗯克優一吸貼　歐開巴　優咖・他

ko.do.mo.no.　ko.ro.　mo.tto.　be.n.kyo.u.shi.te.　o.ke.ba.　yo.ka.tta.

要是小時候用功點就好了。

B そうだよ、年(とし)を　とってから　後悔(こうかい)　しても　遅(おそ)い。

搜一搭優　偷吸喔　偷・貼咖啦　口一咖衣　吸貼謀　歐搜衣

so.u.da.yo.　to.shi.o.　to.tte.ka.ra.　ko.u.ka.i.shi.te.mo.　o.so.i.

對啊，這把年紀了再後悔也來不及了。

會　話2

A お待(ま)たせ。ごめん、ちょっと　用事(ようじ)が　あって　遅(おそ)く　なっちゃった。

歐媽他誰　狗妹嗯　秋・偷　優一基嘎　阿・貼

　　歐搜哭　　拿・掐・他
o.ma.ta.se.　　go.me.n.　　cho.tto.　　yo.u.ji.
ga.　　a.tte.　　o.so.ku.　　na.ccha.tta.
久等了。對不起，因為有事所以遲了。

Ⓑ もう、遅いよ。

謀一　歐搜衣優
mo.u.　　o.so.i.yo.
真是的，好慢喔。

會 話 3

Ⓐ もう　遅いから　早く　寝ろ。

謀一　歐搜衣咖啦　哈呀哭　内捜
mo.u.　　o.so.i.ka.ra.　　ha.ya.ku.　　ne.ro.
已經很晚了，早點去睡！

Ⓑ うん、おやすみ。

烏嗯　歐呀思咪
u.n.　　o.ya.su.mi.
嗯，晚安。

● track 126

かわいそう。

咖哇衣搜－
ka.wa.i.so.u.
真可憐。

説 明

「かわいそう」是可憐的意思，用來表達同情。
「かわいい」和「かわいそう」念起來雖然只差
一個音，但意思卻是完全相反。「かわいい」指
的是很可愛，「かわいそう」卻是覺得對方可憐，
可別搞錯囉！

會 話

Ⓐ 今日も 残業だ。

克優－謀　紫嗯哥優－搭
kyo.u.mo.　za.n.gyo.u.da.
今天我也要加班。

Ⓑ かわいそうに。無理 しないでね。

咖哇衣搜－你　母哩　吸拿衣爹內
ka.wa.i.so.u.ni.　mu.ri.　shi.na.i.de.ne.
真可憐，不要太勉強喔！

相 關

⊃ そんなに 犬を いじめては かわいそうだ。

搜嗯拿你　衣奴喔　衣基妹貼哇　咖哇衣搜－搭
so.n.na.ni.　i.nu.o.　i.ji.me.te.wa.　ka.wa.i.so.
u.da.
這樣欺負小狗，牠很可憐耶！

⊃ かわいそうに 思う。

咖哇衣搜－你　歐謀烏

225 ●

ka.wa.i.so.u.ni.o.mo.u.

好可憐。

發語答腔篇

はい。
哈衣
ha.i.
好。/是。

説明

在對長輩說話，或是在較正式的場合裡，用「は
い」來表示同意的意思。另外也可以表示「我在
這」、「我就是」。

會話1

Ⓐ あの人は 桜井さん ですか？

阿nohe偷哇　撒哭啦衣撒嗯　爹思咖

a.no.hi.to.wa.　sa.ku.ra.i.sa.n.　de.su.ka.

那個人是櫻井先生嗎？

Ⓑ はい、そうです。

哈衣　搜－爹思

ha.i.　so.u.de.su.

嗯，是的。

會話2

Ⓐ 金曜日 までに 出して ください。

key嗯優－遍　媽爹你　搭吸貼　哭搭撒衣

ki.n.yo.u.bi.　ma.de.ni.　da.shi.te.　ku.da.sa.i.

請在星期五之前交出來。

Ⓑ はい、わかりました。

哈衣　哇咖哩媽吸他

ha.i.　wa.ka.ri.ma.shi.ta.

好，我知道了。

●track 128

いいえ。
衣ーせ
i.i.e.
不好。／不是。

説　明

在正式的場合，否認對方所說的話時，用「いいえ」來表達自己的意見。

會話1

Ⓐ もう　食べましたか？
謀ー　他背媽吸他咖
mo.u.　ta.be.ma.shi.ta.ka.
你吃了嗎？

Ⓑ いいえ、まだです。
衣ーせ　媽搭爹思
i.i.e.　ma.da.de.su.
不，還沒。

會話2

Ⓐ 英語が　お上手　ですね。
せー狗嘎　歐糾ー資　爹思內
e.i.go.ga.　o.jo.u.zu.　de.su.ne.
你的英文說得真好。

Ⓑ いいえ、そんなこと　ありません。
衣ーせ　搜嗯拿口偷　阿哩媽誰嗯
i.i.e.　so.n.na.ko.to.　a.ri.ma.se.n.
不，你過獎了。

えっと。
せ・偷
e.tto.
呃…。

説　明

回答問題的時候，如果還需要一些時間思考，日本人通常會用重複一次問題，或是利用一些詞來延長回答的時間，像是「えっと」「う～ん」之類的，都可以在思考問題時使用。

會　話

Ⓐ 全部で　いくら？
賊嗯捕爹　衣哭啦
se.n.bu.de.　i.ku.ra.
全部多少錢？

Ⓑ えっと、三千円　くらいかなあ。
せ・偷　撒嗯賊嗯せ嗯　哭啦衣咖拿－
e.tto.　sa.n.ze.n.e.n.ku.ra.i.a.na.a.
呃…，大概三千日元左右吧。

相　關

⊃ えっとね。
せ・偷内
e.tto.ne.
呃…。

⊃ えっと…、えっと…。
せ・偷　せ・偷
e.tto.　e.tto.
嗯…，嗯…。（想事情或無法立刻回答）

• track 129

それもそうだ。

搜勒謀搜－搭

so.re.mo.so.u.da.

說得也對。

說　明

在談話中，經過對方的提醒、建議而讓想法有所改變時，可以用這句話來表示贊同和恍然大悟。

會　話

A 皆で 一緒に 考えた ほうが いいよ。

咪拿爹 衣・休你 咖嗯嘎也他 吼－嘎 衣－優

mi.na.de. i.ssho.ni. ka.n.ga.e.ta. ho.u.ga. i.i.yo.

大家一起想會比較好喔！

B それも そうだね。

搜咧謀 搜－搭內

so.re.mo. so.u.da.ne.

說得也對。

相　關

⊃ それも そうですね。

搜勒謀 搜－爹思內

so.re.mo. so.u.de.su.ne.

說得也對。

⊃ それも そう かもなあ。

搜勒謀 搜－ 咖謀拿－

so.re.mo. so.u. ka.mo.na.a.

也許你說得對。

• track 130

まあまあ。

媽-媽-

ma.a.ma.a.

還好。

説　明

要是覺得事物沒有自己預期的好，或是程度只是一般的話，會用這句話來表示。另外當對方問起自己的近況，自己覺得最近過得很普通，不算太好的話，也可以用「まあまあ」來表示。

會 話1

Ⓐ この曲が いい。

ロno克優哭嘎 衣-

ko.no.kyo.ku.ga. i.i.

這首歌真好聽。

Ⓑ そう？まあまあだね。

搜- 媽-媽-搭內

so.u. ma.a.ma.a.da.ne.

是嗎？還好吧。

會 話2

Ⓐ 味は どうですか？

阿基哇 兜-爹思咖

a.ji.wa. do.u.de.su.ka.

味道如何呢？

Ⓑ まあまあ ですね。

媽-媽- 爹思內

ma.a.ma.a. de.su.ne.

普通耶。

● track 131

そうかも。

搜ー咖謀
so.u.ka.mo.
也許是這樣。

説　明

當對話時，對方提出了一個推斷的想法，但是聽的人也不確定這樣的想法是不是正確時，就能用「そうかも」來表示自己也不確定，但對方說的應該是對的。

會話1

Ⓐ あの人、付き合い 悪いから、誘っても こないかも。

阿no he偷　此key阿衣　哇嚕衣咖啦　撒搜・貼謀　口拿衣咖謀
a.no.hi.to.　tsu.ki.a.i.　wa.ru.i.ka.ra.　sa.so.tte.mo.　ko.na.i.ka.mo.

那個人，因為很難相處，就算約他也不會來吧。

Ⓑ そうかもね。

搜ー咖謀內
so.u.ka.mo.ne.

也許是這樣吧。

會話2

Ⓐ わたしは 頭が おかしいの でしょうか？

哇他吸哇　阿他媽嘎　歐咖吸ーno　爹休ー咖
wa.ta.shi.wa.　a.ta.ma.ga.　o.ka.shi.i.no.　de.sho.u.ka.

我的想法是不是很奇怪？

Ⓑ そう かもしれませんね。

搜一 咖謀吸勒媽誰嗯內
so.u. ka.mo.sh.re.ma.se.n.ne.
搞不好是這樣喔！

會 話 3

Ⓐ 犯人は 彼ですか？

哈嗯你嗯哇 咖勒爹思咖
ha.n.ni.n.wa. ka.re.de.su.ka.
他是真兇嗎？

Ⓑ さあ、そうかも。

撒一 搜一咖謀
sa.a. so.u.ka.mo.
我也不知道，說不定是。

つまり。

此媽哩

tsu.ma.ri.

也就是説。

説　明

這句話有總結的意思，在對話中，經過前面的解釋、溝通中，得出了結論和推斷，用總結的一句話講出時，就可以用到「つまり」。

會　話

A 今日は　用事が　あるから…。

克優－哇　優－基嘎　阿嚕咖啦

kyo.u.wa.　yo.u.ji.ga.　a.ru.ka.ra.

今天有點事…。

B つまり　行かないって　こと？

此媽哩　衣咖拿衣・貼　口倫

tsu.ma.ri.　i.ka.na.i.tte.　ko.to.

也就是説你不去囉？

相　關

つまり　あなたは　何を　したいの？

此媽哩　阿拿他哇　拿你喔　吸他衣no

tsu.ma.ri.　a.na.ta.wa.　na.ni.o.　shi.ta.i.no.

你到底是想做什麼呢？

これは　つまり　お前の　ためだ。

口勒哇　此媽哩　歐媽せno　他妹搭

ko.re.wa.　tsu.ma.ri.　o.ma.e.no.　ta.me.da.

總之這都是為了你。

だって。

搭・貼
da.tte.
但是。

説　明

受到對方的責難、抱怨時，若自己也有滿腹的委屈，想要有所辯駁時，就可以用「だって」，而使用這個字時。但是這句話可不適用於和長輩對話時使用，否則會被認為是任性又愛強辯。

會 話 1

A 早く やって くれよ。

哈呀哭　呀・貼　哭勒唷
ha.ya.ku.　ya.tte.　ku.re.yo.
快點去做啦！

B だって、本当に 暇が ないんですよ。

搭・貼　吼嗯偷ー你　he媽嘎　拿衣嗯爹思唷
da.tte.　ho.n.to.u.ni.　hi.ma.ga.　na.i.n.de.su.yo.
但是，我真的沒有時間嘛！

會 話 2

A 会社に 行ってくる。

咖衣瞎你　衣・貼哭嚕
ka.i.sha.ni.　i.tte.ku.ru.
我去公司一趟。

B 仕事に 行くって？だって、今日は 休むって 言ってた じゃない？

吸狗偷你　衣哭・貼　克優ー哇　呀思母・貼　衣・貼他　加拿衣
shi.go.to.ni.　i.ku.tte.　da.tte.　kyo.u.

● track 133

wa. ya.su.mu.tte. i.tte.ta. ja.na.i.
你要去上班？可是今天不是休息嗎？

相 關

➲ 旅行に 行くのは やめよう。だって、チケッ
トが 取れないもんね。

溜口ー你 衣哭no哇 呀妹優ー 搭・貼 漆開
・偷嘎 偷勒拿衣謀嗯內

ryo.ko.u.ni. i.ku.no.wa. ya.me.yo.u. da.tte.
chi.kke.to.ga. to.re.na.i.mo.n.ne.

我不去旅行了，因為我買不到票。

➲ わたしだって 嫌です。

哇他吸搭・貼 衣呀爹思
wa.ta.shi.dda.tte. i.ya.de.su.

但是我也不喜歡嘛！

わたしも。

哇他吸謀
wa.ta.shi.mo.

我也是。

説明

「も」這個字是「也」的意思，當人、事、物有相同的特點時，就可以用這個字來表現。

會話 1

A 昨日 海へ 行ったんだ。

key no— 烏咪せ 衣・他嗯搭
ki.no.u. u.mi.e.i.tta.n.da.

我昨天去了海邊。

B 本当？わたしも 行ったよ。

吼嗯偷— 哇他吸謀 衣・他優
ho.n.to.u. wa.ta.shi.mo.i.tta.yo.

真的嗎？我昨天也去了耶！

會話 2

A 今日は 妹の 誕生日なんです。

克優—哇 衣謀—偷no 他嗯糾—逼拿嗯爹思
kyo.u.wa. i.mo.u.to.no. ta.n.jo.u.bi.na.n.
de.su.

今天是我妹的生日。

B えっ、わたしも 二十日生まれです。偶然ですね。

せ 哇他吸謀 哈此咖烏媽勒爹思 古—賊嗯
爹思內
e. wa.ta.shi.mo. ha.tsu.ka.u.ma.re.de.su. gu.
u.ze.n. de.su.ne.

我也是二十日生日耶！真巧。

相 關

⊃ 今日も また 雨です。

克優－謀 媽他 阿妹爹思

kyo.u.mo. ma.ta. a.me.de.su.

今天又是雨天。

⊃ 田中さんも 鈴木さんも 佐藤さんも みんな
おんなじ 大学の 学生です。

他拿咖撒嗯謀 思資key撒嗯謀 撒偷－撒嗯謀
咪嗯拿 歐嗯拿基 搭衣嘎哭no 嘎哭誰－爹思

ta.na.ka.sa.n.mo. su.zu.ki.sa.n.mo. sa.to.u.sa.
n.mo. mi.n.na.o.n.na.ji.da.i.ga.ku.no. ga.ku.
se.i.de.su.

田中先生、鈴木先生和佐藤先生，大家都是同一
所大學的學生。

● track 135

賛成。
きんせい

撒嗯誰－
sa.n.se.i.
贊成。

說　明

和中文的「贊成」意思相同，用法也一樣。在附
和別人的意見時，用來表達自己也是同樣意見。

會話 1

Ⓐ 明日　動物園に　行こうか？
あした　どうぶつえん　い

　阿吸他　兜一捕此世嗯你　衣口一咖
　a.shi.ta.　do.u.bu.tsu.e.n.ni.　i.ko.u.ka.
　明天我們去動物園好嗎？

Ⓑ やった！贊成、贊成！

　呀・他　撒嗯誰－　撒嗯誰－
　ya.tta.　sa.n.se.i.　sa.n.se.i.
　耶！贊成贊成！

會話 2

Ⓐ この　意見に　贊成　できないね。
　　　　いけん　　さんせい

　口 no　衣開嗯你　撒嗯誰－　爹key拿衣內
　ko.no.　i.ke.n.ni.　sa.n.se.i.　de.ki.na.i.ne.
　我無法贊成這個意見。

Ⓑ どうして？

　兜一吸貼
　do.u.shi.te.
　為什麼？

● track 136

とにかく。

偷你咖哭

to.ni.ka.ku.

總之。

説　明

在遇到困難或是複雜的狀況時，要先做出適當的處置時，就會用「とにかく」。另外在表達事物程度時，也會用到這個字，像是「とにかく寒い」，就是表達出「不管怎麼形容，總之就是很冷」的意思。

會話1

Ⓐ 田中さんは　用事が　あって　今日は　来られない　そうだ。

他拿咖撒嗯哇　優－基嘎　阿‧貼　克優－哇
口啦勒拿衣　捜－搭

ta.na.ka.sa.wa.　yo.u.ji.ga.　a.tte.　kyo.u.wa.
ko.ra.re.na.i.　so.u.da.

田中先生今天好像因為有事不能來了。

Ⓑ とにかく　昼まで　待って　みよう。

偷你咖哭　he嚕媽爹　媽‧貼　咪優－

to.ni.ka.ku.　hi.ru.ma.de.　ma.tte.　mi.yo.u.

總之我們先等到中午吧。

會話2

Ⓐ わたし、来週から　日本へ　転勤することに　なったんです。

哇他吸　啦衣嘘－咖啦　你吼嗯せ　貼嗯key嗯思
嚕口偷你　拿‧他嗯爹思

wa.ta.sh.　ra.i.shu.u.ka.ra.　ni.ho.n.e.　te.n.ki.n.

su.ru.ko.to.ni. na.tta.n.de.su.

我下星期要調職到日本了。

Ⓑ えっ、それは 急ですね。とにかく 体に
気をつけて くださいね。

せ 搜勒哇 Q－爹思内 偷你咖哭 咖啦搭你
key喔止開貼 哭搭撒衣內

e. so.re.wa. kyu.u.de.su.ne. to.ni.ka.ku. ka.
ra.da.ni. ki.o.tsu.ke.te. ku.da.sa.i.ne.

咦，怎麼這麼突然？總之要多保重身體喔！

相　關

○ とにかく 暑いね！

偷你咖哭 阿此衣內
to.ni.ka.ku. a.tsu.i.ne.

總之就是很熱啊！

○ とにかく 会議は 来週まで 延期だ。

偷你咖哭 咖衣個衣哇 啦衣嘘媽爹 せ嗯key搭
to.ni.ka.ku. ka.i.gi.wa. ra.shu.u.ma.de.e.n.ki.
da.

總之會議先延期到下週好了。

● track 137

なんか。

拿嗯咖
na.n.ka.
之類的。

説　明

在講話時，想要說的東西範圍和種類非常多，而只提出其中的一種來表示，就用「なんか」來表示，也就是「這一類的」的意思。

會　話

Ⓐ 最近は　ゴルフに　少し　飽きましたね。

撒衣key嗯哇　狗嚕夫你　思口吸　阿key媽吸他內
sa.i.ki.n.wa.　go.ru.fu.ni.　su.ko.shi.a.ki.ma.shi.ta.ne.
最近對打高爾夫球有點厭煩了。

Ⓑ じゃあ、次は　ガーデニング　なんか　どうですか？

加一　此個衣哇　嘎一爹你嗯古　拿嗯咖　兜一爹思咖
ja.a.　tsu.gi.wa.　ga.a.de.ni.n.gu.　na.n.ka.　do.u.de.su.ka.
那，下次我們來從事園藝什麼的，如何？

相　關

⊃ どうせ　わたし　なんか　何も　できない。

兜一誰　哇他吸　拿嗯咖　拿你謀　爹key拿衣
do.u.se.　wa.ta.shi.　na.n.ka.　na.ni.mo.　de.ki.na.i.
反正像我這樣就是什麼都辦不到。

● track 137

● お金 なんか 持って いない。

　　歐咖內　拿嗯咖　謀・貼　衣拿衣
　　o.ka.ne.　na.n.ka.　mo.tte.　i.na.i.
　　我沒有什麼錢。

● お金 なんか 要りません。

　　歐咖內　拿嗯咖　衣哩媽誰嗯
　　o.ka.ne.　na.n.ka.　i.ri.ma.se.n.
　　我才不要什麼錢。

● 君なんかに 分かるものか。

　　key咪拿嗯咖你　哇咖嚕謀no咖
　　ki.mi.na.n.ka.ni.　wa.ka.ru.mo.no.ka.
　　像你這種人怎麼可能會懂。

● 寂しく なんか ない。

　　撒逼吸哭　拿嗯咖　拿衣
　　sa.bi.shi.ku.　na.n.ka.　na.i.
　　才不寂寞呢！

● ワインか なんか ないの？

　　哇衣嗯咖　拿嗯咖　拿衣no
　　wa.i.n.ka.　na.n.ka.　na.i.no.
　　有沒有紅酒之類的？

● track 138

そうとは思わない。

搜一偷哇 歐謀哇拿衣

so.u.to.wa. o.mo.wa.na.i.

我不這麼認為。

説　明

在表達自己持有相反的意見時，日本人會用到「とは思わない」這個關鍵句。表示自己並不這麼想。

會　話

Ⓐ ここの 人は 冷たいなあ。

ロロno he偷哇 此妹他衣拿一

ko.ko.no. hi.to.wa. tsu.me.ta.i.na.a.

這裡的人真是冷淡。

Ⓑ うん… そうとは 思わないけど。

烏嗯 搜一偷哇 歐謀哇拿衣開兜

u.n. so.u.to.wa. o.mo.wa.na.i.ke.do.

嗯…，我倒不這麼認為。

相　關

⊃ おかしい とは 思わない。

歐咖吸一 偷哇 歐謀哇拿衣

o.ka.shi.i. to.wa. o.mo.wa.na.i.

我不覺得奇怪。

⊃ ノーチャンス とは 思わない。

no一掐嗯思 偷哇 歐謀哇拿衣

no.o. cha.n.su. to.wa. o.mo.wa.na.i.

我不認為沒機會。

それにしても。

搜勒你吸貼謀
so.re.ni.shi.te.mo.
即使如此。

説明

談話時，本身持有不同的意見，但是對方的意見也有其道理時，可以用「それにしても」來表示，雖然你說的有理，但我也堅持自己的意見。另外自己對於一件事情已經有所預期，或者是依常理已經知道會有什麼樣的狀況，但結果卻比所預期的還要誇張嚴重時，就會用「それにしても」來表示。

會話

A 田中さん　遅いですね。

他拿咖撒　歐搜衣爹思內
ta.na.ka.sa.n.　o.so.i.de.su.ne.
田中先生真慢啊！

B 道が　込んで　いるん　でしょう。

咪漆嘎　口嗯爹　衣嚕嗯　爹休－
mi.chi.ga.　ko.n.de.　i.ru.n.　de.sho.u.
應該是因為塞車吧。

A それにしても、こんなに　遅れる　はずがない　でしょう？

搜勒你吸貼謀　口嗯拿你　歐哭勒嚕　哈資嘎拿衣　爹休－
so.re.ni.sh.te.mo.　ko.n.na.ni.　o.ku.re.ru.　ha.zu.ga.na.i.　de.sho.u.
即使如此，也不會這麼晚吧？

● track 139

相　關

⊃ 高いのは　知っていたが、それにしても　ちょっ
　と　高すぎる。

他咖衣no哇　吸‧貼衣他嘎　搜勒你吸貼謀　秋
‧倫　他咖思個衣嚕

ta.ka.i.no.wa.　shi.tte.i.ta.ga.　so.re.ni.shi.te.
mo.　cho.tto.　ta.ka.su.gi.ru.

我原本就覺得可能會很貴，但即使如此也太貴了。

⊃ それにしても　寒いなあ。

搜勒你吸貼謀　撒母衣拿─

so.re.ni.shi.te.mo.　sa.mu.i.na.a.

雖然有所準備，但也太冷了。

● track 140

ざんねん
残念。

紮嗯內嗯
za.n.ne.n.

可惜。

説　明

要表達心中覺得可惜之意時，用這個字來說明心中的婉惜的感覺。

會　話1

Ⓐ ざんねん
残念でした、外れです！

紮嗯內嗯爹吸他　哈資勒爹思
za.n.ne.n.de.shi.ta.　ha.zu.re.de.su.

可惜，猜錯了。

Ⓑ へえ～！

嘿一
he.e.

什麼！

會　話2

Ⓐ はしもと
橋本さんは　にじかい
二次会に　こ
来ないそうだ。

哈吸謀偷撒嗯哇　你基咖衣你　口拿衣搜一搭
ha.shi.ma.mo.sa.n.wa.　ni.ji.ka.i.ni.　ko.na.
i.so.u.da.

橋本先生好像不來續攤了。

Ⓑ そう？ それは ざんねん
残念。

搜一　搜勒哇紮嗯內嗯
so.o.　so.re.wa.za.n.ne.n.

是嗎？那真可惜。

相　關

○ 残念だったね。

紫嗯內嗯搭・他內
za.n.ne.n.da.tta.ne.
真是可惜啊！

○ いい結果が 出なくて 残念だ。

衣一開・咖嘎　爹拿哭貼　紫嗯內嗯搭
i.i.ke.kka.ga.　de.na.ku.te.　za.n.ne.n.da.
可惜沒有好的結果。

○ 残念ながら 彼に 会う機会が なかった。

紫嗯內嗯拿嘎啦　咖勒你　阿鳥key咖衣嘎　拿咖
・他
za.n.ne.n.na.ga.ra.　ka.ra.ni.　a.u.ki.ka.i.ga.　na.
ka.tta.
可惜和沒機會和他碰面。

まさか。

媽撒咖

ma.sa.ka.

怎麼可能。／萬一。

説　明

當事情的發展出乎自己的意料時，可以用「まさか」來表示自己的震驚。

會話1

Ⓐ 木村さんが　整形したそうだ。

key母啦撒嗯嘎　誰－開－吸他搜－搭

ki.mu.ra.sa.n.ga.　se.i.ke.i.shi.ta.so.u.da.

木村小姐好像有整型。

Ⓑ まさか。そんなことが　あるはずが　ない。

媽撒咖　搜嗯拿口偷嘎　阿嚕哈資嘎　拿衣

ma.sa.ka.　so.n.na.ko.to.ga.　a.ru.ha.zu.ga.　na.i.

怎麼可能。不可能有這種事。

會話2

Ⓐ 私が　やったのです。

哇他吸嘎　呀・他no爹思

wa.ta.shi.ga.　ya.tta.no.de.su.

是我做的。

Ⓑ まさか。

媽撒咖

ma.sa.ka.

怎麼可能。

● track 141

相 關

⊃ まさか 彼が 犯人だった なんて、信じられ
ない。

媽撒咖　咖勒嘎　哈嗯你嗯搭·他　拿嗯貼　吸
嗯基啦勒拿衣

ma.sa.ka.　ka.re.ga.　ha.n.ni.n.da.tta.　na.n.te.
shi.n.ji.ra.re.na.i.

沒想到他竟然是犯人，真不敢相信。

⊃ まさかの時には　すぐに　知らせてくれ。

媽撒咖no偷key你哇　思古你　吸啦誰貼哭勒

ma.sa.ka.no.to.ki.ni.wa.　su.gu.ni.　shi.ra.se.te.
ku.re.

萬一有什麼事的話，請立刻通知我。

● track 142

そうだ。

搜一搭
so.u.da.
對了。／就是説啊。

説　明

突然想起某事時，可以用「そうだ」來表示自己
忽然想起了什麼。另外，當自己同意對方所説的
話時，也可以用這句話來表示贊同。

會　話 1

A あ、そうだ。プリン　買うのを　忘れちゃった。

阿　搜一搭　撲哩嗯　咖烏no喔　哇思勒掐・他
a. so.u.da.　pu.ri.n.　ka.u.no.o.　wa.su.re.cha.
tta.

啊，對了。我忘了買布丁了。

B じゃあ、買ってきて　あげる。

加一　咖・貼key貼　阿給魯
ja.a.　ka.tte.ki.te.　a.ge.ru.

那，我去幫你買吧。

會　話 2

A 今日は　いい天気だね。

克優一哇　衣一貼嗯key搭內
kyo.u.wa.　i.i.te.n.ki.da.ne.

今天真是好天氣。

B そうだね。会社休んで　遊びたいなあ。

搜一搭內　咖衣瞎呀思嗯爹　阿搜逼他衣拿一
so.u.da.ne.　ka.i.sha.ya.su.n.de.　a.so.bi.ta.
i.na.a.

就是説啊，直想要請假出去玩。

相　　關

➲ そうだよ。

搜－搭優
so.u.da.yo.
就是説啊。

➲ そうだ、山へ　行こう。

搜－搭　呀媽せ　衣ロー
so.u.da.　ya.ma.e.　i.ko.u.
對了，到山上去吧！

> そんなことない。
>
> 搜嗯拿口偷拿衣
>
> so.n.na.ko.to.na.i.
>
> 沒這回事。

說　明

「ない」有否定的意思。「そんなことない」就是「沒有這種事」的意思。在得到對方稱讚時，用來表示對方過獎了。或是否定對方的想法時，可以使用。

會 話 1

Ⓐ 今日も　綺麗ですね。

克優－謀　key勒－爸思內

kyo.u.mo.　ki.re.i.de.su.ne.

今天也很漂亮呢！

Ⓑ いいえ、そんなこと　ないですよ。

衣－せ　搜嗯拿口偷　拿衣爹思優

i.i.e.　so.n.na.ko.to.　na.i.de.su.yo.

不，才沒這回事。

會 話 2

Ⓐ 先輩、最近　心ここに　あらずなこと、多く　ない　ですか？

誰嗯趴衣　撒衣key嗯　狗口樓口口你　阿啦資拿口倫　歐－哭拿衣　爹思咖

se.n.pa.i.　sa.i.ki.n.　ko.ko.ro.ko.ko.ni.　a.ra.zu.na.ko.to.　o.o.ku.na.i.　de.su.ka.

前輩，你最近好像常常心不在焉耶。

Ⓑ そ、そんなこと　ないよ！

搜　搜嗯拿口倫　拿衣優

so.　　so.n.na.ko.to.　　na.i.yo.

オ、オ沒有那回事呢！

會話3

Ⓐ 本当は わたしのこと、嫌い なんじゃな
い？

吼嗯偷一哇　哇他吸no口偷　key啦衣　拿嗯加拿
衣

ho.n.to.u.wa.　wa.ta.shi.no.ko.to.　ki.ra.i.　na.
n.ja.na.i.

你其實很討厭我吧？

Ⓑ いや、そんなことないよ！

衣呀　搜嗯拿口偷拿衣優
i.ya.　so.n.na.ko.to.na.i.yo.

不，沒有這回事啦！

こちらこそ。

口漆啦口搜

ko.chi.ra.ko.so.

彼此彼此。

説　明

當對方道謝或道歉時，可以用這句話來表現謙遜的態度，表示自己也深受對方照顧，請對方不用太在意。

會話1

Ⓐ 今日は　よろしく　お願いします。

克優一哇　優攙吸哭　歐內嘎衣吸媽思

kyo.u.wa.　yo.ro.shi.ku.　o.ne.ga.i.shi.ma.su.

今天也請多多指教。

Ⓑ こちらこそ、よろしく。

口漆啦口搜　優攙吸哭

ko.chi.ra.ko.so.　yo.ro.shi.ku.

彼此彼此，請多指教。

會話2

Ⓐ わざわざ　来てくれて、ありがとう　ございます。

哇縈哇縈　key貼哭勒貼　阿哩嘎偷一　狗縈衣媽思

wa.za.wa.za.　ki.te.ku.re.te.　a.ri.ga.to.u.　go.za.i.ma.su.

謝謝你特地前來。

Ⓑ いいえ、こちらこそ。

衣一せ　口漆啦口搜

i.i.e.　ko.chi.ra.ko.so.

不，彼此彼此。

● track 145

あれっ？
阿勒
a.re.
咦？

説　明

突然發現什麼事情，心中覺得疑惑的時候，會用這句話來表示驚訝。

會 話 1

Ⓐ あれっ？雨が　降って　きたよ。
阿勒　　阿妹嘎　夫・貼　key他優
a.re.　a.me.ga.　fu.tte.　ki.ta.yo.
咦？下雨了。

Ⓑ 本当だ。
吼嗯偷－搭
ho.n.to.u.da.
真的耶。

會 話 2

Ⓐ あれっ？変だなあ。
阿勒　嘿嗯搭拿－
a.re.　he.n.da.na.a.
咦？好奇怪喔。

Ⓑ どうしたの？
兜－吸他no
do.u.shi.ta.no.
怎麼了？

相　關

⊃ あれっ？一個足りない。

阿勒　衣・口他哩拿衣
a.re.　i.kko.ta.ri.na.i.
咦？少了一個。

⊃ あれっ？あの人は　変だなあ。

阿勒　阿 no he 偷哇　嘿嗯搭拿－
a.re.　a.no.hi.to.wa.　he.n.da.na.a.
咦？那個人好奇怪喔！

⊃ あれっ？ここは　どこですか？

阿勒　口口哇　兜口爹思咖
a.re.　ko.ko.wa.　do.ko.de.su.ka.
咦？這裡是哪裡？

● track 146

さあ。

撒―

sa.a.

天曉得。／我也不知道。

説　明

當對方提出疑問，但自己也不知道答案是什麼的時候，可以一邊歪著頭，一邊說「さあ」，來表示自己也不懂。

會　話 1

Ⓐ 山田さんは　どこへ　行きましたか？

呀媽搭撒嗯哇　兜口せ　衣key媽吸他咖

ya.ma.da.sa.n.wa.　do.ko.e.i.ki.ma.shi.ta.ka.

山田小姐去哪裡了？

Ⓑ さあ。

撒―

sa.

我也不知道。

會　話 2

Ⓐ あの人は　誰ですか？

阿no he倫哇　搭勒爹思咖

a.no.hi.to.wa.　da.re.de.su.ka.

那個人是誰？

Ⓑ さあ。

撒―

sa.a.

我不知道。

相　關

⊃ さあ、知らない。

● track 146

撒一　吸啦拿衣
sa.a.　shi.ra.na.i.
天曉得。

つ さあ、そうかもしれない。

撒一　搜一咖謀吸勒拿衣
sa.a.　so.u.ka.mo.shi.re.na.i.
不知道，也許是這樣吧。

つ さあ、無理かもな。

撒一　母哩咖謀拿
sa.a.　mu.ri.ka.mo.na.
不知道，應該不行吧。

どっちでもいい。

兜・漆爹謀衣－
do.cchi.de.mo.i.i.
都可以。／隨便。

説　明

這句話可以表示出自己覺得哪一個都可以。若是覺得很不耐煩時，也會使用這句話來表示「隨便怎樣都好，我才不在乎。」的意思，所以使用時，要記得注意語氣和表情。

會話 1

Ⓐ ケーキと　アイス、どっちを　食べる？

開－key倫　阿衣思　兜・漆喔　他背嚕
ke.e.ki.to.　a.i.su.　do.cchi.o.　ta.be.ru.
蛋糕和冰淇淋，你要吃哪一個？

Ⓑ どっちでもいい。

兜・漆爹謀衣－
do.cchi.de.mo.i.i.
都可以。

會話 2

Ⓐ 黒と　黄色、どちを　買う？

哭捷倫　key－捜　兜漆喔　咖烏
ku.ro.to.　ki.i.ro.　do.cchi.o.　ka.u.
黑色和黃色，要買哪個？

Ⓑ どっちでもいい。

兜・漆爹謀衣－
do.cchi.de.mo.i.i.
哪個都行。

● track 147

相 關

つ どちらでも いいです。

兜漆啦爹謀　衣一爹思
do.chi.ra.de.mo.　i.i.de.su.
哪個都行。

つ どっちでも いいです。

兜・漆爹謀　衣一爹思
ko.chi.de.mo.　i.i.de.su.
哪個都好。

つ どっちでも いいよ。

兜・漆爹謀　衣一優
do.chi.de.mo.　i.i.yo.
隨便啦！

へえ。

嘿—
he.e.
哇！

説　明

日本人在說話的時候，會很注意對方的反應，所以在聽人敘述事情的時候，要常常做出適當的反應。這裡的「へえ」就是用在當自己聽了對方的話，覺得驚訝的時候。但是要記得提高音調講，若是語調平淡，會讓對方覺得你是敷衍了事。

會　話

Ⓐ これ、チーズケーキ。自分（じぶん）で 作（つく）ったんだ。

口勒　　漆—資開—key　基捕嗯爹　此哭・他嗯搭
ko.re.　chi.i.zu.ke.e.ki.　ji.bu.n.de.　tsu.ku.tta.n.da.
你看，我自己做的起士蛋糕。

Ⓑ へえ、すごい。

嘿—　思狗衣
he.e.　su.go.i.
哇，真厲害。

相　關

⊃ へえ、うまいですね。

嘿—　烏媽衣爹思內
he.i.　u.ma.i.de.su.ne.
哇，真厲害耶。

● track 148

つ へえ。そうなんだ。

嘿ー　捜ー拿嗯搭

he.e.　so.u.na.n.da.

咦，原來是這樣啊。

つ へえ、それは　初耳だ。

嘿ー　捜勒哇　哈此咪咪搭

he.e.　so.re.wa.　ha.tsu.mi.mi.da.

喔，這還是頭一次聽説。

●track 149

なるほど。

拿嚕吼兜
na.ru.ho.do.
原來如此。

説　明

當自己對一件事情感到恍然大悟的時候，就可以用這一句話來說明自己如夢初醒，有所理解。

會話1

Ⓐ どうして　今日は　来なかったの？

兜一吸貼　克優一哇　口拿咖・他no
do.u.shi.te.　kyo.u.wa.　ko.na.ka.tta.no.
為什麼今天沒有來？

Ⓑ ごめん、電車が　三時間も　遅れたんだ。

狗妹嗯　爹嗯瞎嘎　撒嗯基咖嗯謀　歐哭勒他嗯搭
go.me.n.　de.n.sha.ga.　sa.n.ji.ka.n.mo.　o.
ku.re.ta.n.da.
對不起，火車誤點了三個小時

Ⓐ なるほど。

拿嚕吼兜
na.ru.ho.do.
原來是這樣。

會話2

Ⓐ すごい　日焼け　ですね。

思狗衣　　he呀開　爹思內
su.go.i.　hi.ya.ke.　de.su.ne.
你晒傷得好嚴重。

Ⓑ 先週　海へ　行ったんです。

265 ●

● track 149

誰嗯噓一　鳥咪せ　衣・他嗯爹思
se.n.shu.u.　u.mi.e.　i.tta.n.de.su.
因為上星期去了海邊。

A なるほど。
拿嚕吼兜
na.ru.ho.do.
原來如此。

●track 150

もちろん。

謀漆摟嗯
mo.chi.ro.n.
當然。

説　明

當自己覺得事情理所當然，對於事實已有十足把握時，就可以用「もちろん」來表示很有胸有成竹、理直氣壯的感覺。

會 話 1

Ⓐ 二次会に　行きますか？

你基咖衣你　衣key媽思咖
ni.ji.ka.i.ni.　i.ki.ma.su.ka.
要不要去續攤？

Ⓑ もちろん！

謀漆摟嗯
mo.chi.ro.n.
當然要！

會 話 2

Ⓐ 嵐の　新曲、　もちろん　もう　聴いたよね？

阿啦吸no　吸嗯克優哭　謀漆摟嗯　謀ー key
ー他優內
a.ra.shi.no.　shi.n.kyo.ku.　mo.chi.ro.n.　mo.u.
ki.i.ta.yo.ne.
嵐的新歌，你一定已經聽過了吧？

Ⓑ えっ、出ていたんですか？

せ　爹貼衣他嗯爹思咖
e.　de.te.i.ta.n.de.su.ka.
咦？已經出了嗎？

● track 151

ちょっと。

秋・偷
cho.tto.
有一點。

「ちょっと」是用來表示程度輕微，但是延伸出來的意思，則是「今天有一點事」，也就是要拒絕對方的邀約或請求，想要推託時的理由。

會話1

Ⓐ 今日　一緒に　映画を　見に　行きませんか？

克優ー　衣・休你　せー嘎喔　咪你　衣key媽誰嗯咖

kyo.u.　i.ssho.ni.　e.i.ga.o.　mi.ni.　i.ki.ma.se.n.ka.

今天要不要一起去看電影？

Ⓑ すみません、今日は　ちょっと…。

思咪媽誰嗯　克優ー哇　秋・偷

su.mi.ma.se.n.　kyo.u.wa.cho.tto.

對不起，今天有點不方便。

會話2

Ⓐ ね、一緒に　遊ぼうよ。

内　衣・休你　阿搜玻ー優

ne.　i.ssho.ni.　a.so.bo.u.yo.

一起玩吧！

Ⓑ ごめん、今はちょっと、あとでいい？

狗妹嗯　衣媽哇秋・偷　阿偷爹衣ー

go.me.n.　i.ma.wa.cho.tto.　a.to.de.i.i.

●track 151

對不起，現在正忙，等一下好嗎？

相　　關

◯ それは　ちょっと…。

搜勒哇　秋・偷
so.re.wa.cho.tto.
這有點……。

◯ ごめん、ちょっと…。

狗妹嗯　秋・偷
go.me.n.　cho.tto.
對不起，有點不方便。

◯ ちょっと　分からない。

秋・偷　哇咖啦拿衣
cho.tto.　wa.ka.ra.na.i.
有點不清楚。

ところで。

偷口撿爹

to.ko.ro.de.

對了。

説　明

和對方談論的話題到一個段論時，心中想要另外再討論別的事情時，就可以用「ところで」來轉移話題。

會　話 1

A こちらは　会議の　資料です。

口漆啦哇　咖衣個衣no　吸溜－爹思

ko.chi.ra.wa.　ka.i.gi.no.　shi.ryo.u.de.su.

這是會議的資料。

B はい、分かりました。ところで、山田会社の件、　もう　できましたか？

哈衣　哇咖哩媽吸他　偷口撿爹　呀媽搭嘎衣瞎no開嗯　謀－　爹key媽吸他咖

ha.i.wa.ka.ri.ma.shi.ta.　to.ko.ro.de.　ya.ma.da.ga.i.sha.no.ke.n.　mo.u.　de.ki.ma.shi.ta.ka.

好的。對了，山田公司的案子完成了嗎？

會　話 2

A ところで、鈴木君に　相談がある。

偷口撿爹　思資key哭嗯你　搜－搭嗯嘎阿嚕

to.ko.ro.de.　su.zu.ki.ku.n.ni.　so.u.da.n.ga.a.ru.

對了，我有事想和鈴木你說。

B はい、何ですか？

哈衣　拿嗯爹思咖

• 270

ha.i.　　na.n.de.su.ka.

什麼事情呢？

相 　關

○ ところで、彼女は　　最近　　元気ですか？

偷口捜爹　咖no糾哇　撒衣key嗯　給嗯key爹思
咖
to.ko.ro.de.　ka.no.jo.wa.　sa.i.ki.n.　ge.n.ki.de.
su.ka.

對了，最近她還好嗎？

○ ところで、鈴木君に　　相談が　　ある。

偷口捜爹　思資key哭嗯你　搜一搭嗯嘎　阿嚕
to.ko.ro.de.　su.zu.ki.ku.n.ni.　so.u.da.n.ga.
　a.ru.

對了，我有事想和鈴木你說。

• track 153

やはり。

呀哈哩
ya.ha.ri.
果然。

説明

當事情的發生果然如同自己事先的預料時，就可以用「やはり」來表示自己的判斷是正確的。口語也可說成「やっぱり」。

會話

A ワインも よいですが、やはり 和食と 日本酒の 相性は 抜群ですよ。

哇衣嗯謀　　優衣爹思嘎　呀哈哩　哇休哭偷
你吼嗯嘘no　阿衣休一哇　巴此古嗯爹思優
wa.i.n.mo.　yo.i.de.su.ga.　ya.ha.ri.　wa.sho.
ku.to.　ni.ho.n.shu.no.　a.i.sho.u.wa.　ba.tsu.
gu.n.de.su.yo.

配紅酒也不錯，但是日本料理果然還是要配上日本酒才更相得益彰。

B そうですね。

搜一爹思内
so.u.de.su.ne.
就是説啊。

相關

つ 今でも やはり 彼女のことが 好きだ。

衣媽爹謀　呀哈哩　咖no糾no口倫嘎　思key搭
i.ma.de.mo.　ya.ha.ri.　ka.no.jo.no.ko.to.ga.
su.ki.da.

即使到現在都還是喜歡她。

● track 153

➲ 聞いて みたが やはり 分からない。

key－貼 咪他嘎 呀哈哩 哇咖啦拿衣
ki.i.te. mi.ta.ga. ya.ha.ri. wa.ka.ra.na.i.

即使是問了，果然也還是不懂。

➲ うわさは やはり デマだった。

烏哇撒哇 呀哈哩 爹媽搭・他
u.wa.sa.wa. ya.ha.ri. de.ma.da.tta.

傳聞果然只是謠言。

➲ やはり 雨に なった。

呀哈哩 阿妹你 拿・他
ya.ha.ri. a.me.ni. na.tta.

果然下雨了。

➲ やはり 本当 だった。

呀哈哩 吼嗯偷－ 搭・他
ya.ha.ri. ho.n.to.u. da.tta.

果然是真的。

➲ やはり 言った とおり だろう。

呀哈哩 你・他 偷－哩 搭撈－
ya.ha.ri. i.tta. to.o.ri. da.ro.u.

果然就像我講的吧。

分かった。

哇咖・他
wa.ka.tta.
我知道了。

說　明

對於別人說的事情自己已經明白了，或是了解對方的要求是什麼的時候，可以用這句話，來表示已經知道了。

會話1

Ⓐ 早く 行きなさい！

哈呀哭　　衣key拿撒衣
ha.ya.ku.　i.ki.na.sa.i.
快點出門！

Ⓑ 分かったよ！

哇咖・他優
wa.ka.tta.yo.
我知道了啦！

會話2

Ⓐ もう 遅いから 早く寝ろ。

謀一　歐搜衣咖啦　哈呀哭內搜
mo.u.　o.so.i.ka.ra.　ha.ya.ku.ne.ro.
已經很晚了，早點去睡！

Ⓑ もう 分かったよ。

謀一　哇咖・他優
mo.u.　wa.ka.tta.yo.
我知道啦。

● track 154

相　關

○ もう、分かったよ。

謀一　哇咖・他優
mo.u.　wa.ka.tta.yo.
夠了，我知道了啦！

○ はい、分かりました。

哈啦　哇咖哩媽吸他
ha.i.　wa.ka.ri.ma.shi.ta.
好的，我知道了。

○ うん、分かった。

鳥嗯　哇咖・他
u.n.　wa.ka.tta.
嗯，知道了。

気にしない。

key 你吸拿衣
ki.ni.shi.na.i.
別在意。

説　明

「気にする」是在意的意思，「気にしない」是其否定形，也就是不在意的意思，用來叫別人不要在意，別把事情掛在心上。另外也用來告訴對方，自己並不在意，請對方不用感到不好意思。

會話1

Ⓐ また　失敗しちゃった。

媽他　吸・趴衣吸掐・他
ma.ta.　shi.ppa.i.shi.cha.tta.
又失敗了！

Ⓑ 気にしない、気にしない。

key 你吸拿衣　key 你吸拿衣
ki.ni.shi.na.i.　ki.ni.shi.na.i.
別在意，別在意。

會話2

Ⓐ 返事が　遅れて　失礼しました。

嘿嗯基嘎　歐哭勒貼　吸此勒－吸媽吸他
he.n.ji.ga.　o.ku.re.te.　shi.tsu.re.i.shi.ma.
shi.ta.
抱歉我太晚給你回音了。

Ⓑ 大丈夫です。気にしないで　ください。

搭衣糾－捕爹思　key 你吸拿衣爹　哭搭撒衣
da.i.jo.u.bu.de.su.　ki.ni.shi.na.i.de.　ku.da.
sa.i.

沒關係，不用在意。

相　關

❍ わたしは　気にしない。

哇他吸哇　key你吸拿衣
wa.ta.shi.wa.　ki.ni.shi.na.i.
我不在意。／沒關係。

❍ 誰も　気にしない。

搭勒謀　key你吸拿衣
da.re.mo.　ki.ni.shi.na.i.
沒人注意到。

❍ 気にしないで　ください。

key你吸拿衣爹　哭搭撒衣
ki.ni.shi.na.i.de.　ku.da.sa.i.
請別介意。

だめ。

搭妹

da.me.

不行。

說　明

這個字是禁止的意思，但是語調更強烈，常用於
長輩警告晚輩的時候。此外也可以用形容一件事
情已經無力回天，再怎麼努力都是枉然的意思。

會 話 1

Ⓐ ここに 座っても いい？

口口你　思哇・貼謀　衣―

ko.ko.no.　su.wa.tte.mo.i.i.

可以坐這裡嗎？

Ⓑ だめ！

搭妹

da.me.

不行！

會 話 2

Ⓐ ちょっと 見せて くれ。

秋・偷　咪誰貼　哭勒

cho.tto.　mi.se.te.　ku.re.

借我看一下。

Ⓑ だめ！

搭妹

da.me.

不行！

相 關

○ だめです！

搭妹爹思
da.me.de.su.
不可以。

○ だめだ！

搭妹搭
da.me.da.
不准！

○ だめ人間。

搭妹你嗯給嗯
da.me.ni.n.ge.n.
沒用的人。

● track 157

任せて。
まか

媽咖誰貼
ma.ka.se.te.
交給我。

説　明

被交付任務，或者是請對方安心把事情給自己的
時候，可以用這句話來表示自己很有信心可以把
事情做好。

會　話

A 仕事を　お願い　しても　いいですか？
しごと　　　　ねが

吸狗倫喔　歐內嘎衣　吸貼謀　衣一爹思咖
shi.go.to.o.　o.ne.ga.i.　shi.te.mo.　i.i.de.su.ka.
可以請你幫我做點工作嗎？

B 任せて　ください。
まか

媽咖誰貼　哭搭撒衣
ma.ka.se.te.　ku.da.sa.i.
交給我吧。

相　關

◯ いいよ、任せて！
まか

衣一優　媽咖誰貼
i.i.yo.　ma.ka.se.te.
好啊，交給我。

◯ 運を　天に　任せて。
うん　　てん　まか

烏嗯喔　貼嗯你　媽咖誰貼
u.n.o.　te.n.ni.　ma.ka.se.te.
交給上天決定吧！

頑張って。

嘎嗯巴・貼

ga.n.ba.tte.

加油。

説　明

為對方加油打氣，請對方加油的時候，可以用這句話來表示自己支持的心意。

會 話 1

Ⓐ 今日から　仕事を　頑張ります。

克優一咖啦　吸狗偷喔　嘎嗯巴哩媽思

kyo.u.ka.ra.　shi.go.to.o.　ga.n.ba.ri.ma.su.

今天工作上也要加油！

Ⓑ うん、頑張って！

烏嗯　嘎嗯巴・貼

u.n.　ga.n.ba.tte.

嗯，加油！

會 話 2

Ⓐ 頑張って　ください。

嘎嗯巴・貼　哭搭撒衣

ga.n.ba.tte.　ku.da.sa.i.

請加油。

Ⓑ 頑張ってくれ！

嘎嗯巴・貼哭勒

ga.n.ba.tte.ku.re.

給我加油點！

時間ですよ。
じ か ん

基咖嗯爹思優
ji.ka.n.de.su.yo.
時間到了。

説　明

這句話是「已經到了約定的時間了」的意思。有提醒自己和提醒對方的意思,表示是時候該做某件事了。

會　話

Ⓐ もう　時間ですよ。行こうか?

謀ー　　基咖嗯爹思優　　衣口ー咖
mo.u.　ji.ka.n.de.su.yo.　i.ko.u.ka.
時間到了,走吧!

Ⓑ ちょっと待って。

秋・偷媽・貼
cho.tto.ma.tte.
等一下。

相　關

⊃ もう　寝る時間　ですよ。

謀ー　　內嚕基咖嗯　爹思優
mo.u.　ne.ru.ji.ka.n.　de.su.yo.
睡覺時間到了。

⊃ もう　帰る時間　ですよ。

謀ー　　咖せ嚕基咖嗯　爹思優
mo.u.　ka.e.ru.ji.ka.n.　de.su.yo.
回家時間到了。

● track 160

危ない！
あぶ

阿捕拿衣
ba.bu.na.i.
危險！／小心！

説　明

遇到危險的狀態的時候，用這個字可以提醒對方
注意。另外過去式的「危なかった」也有「好險」
的意思，用在千鈞一髮的狀況。

會　話

A 危ないよ、近寄らないで。
あぶ　　　　ちかよ

阿捕拿衣優　　漆咖優啦拿衣爹
a.bu.na.i.yo.　chi.ka.yo.ra.na.i.de.
很危險，不要靠近。

B 分かった。
わ

哇咖・他
wa.ka.tta.
我知道了。

相　關

○ 不況で　会社が　危ない。
ふきょう　かいしゃ　あぶ

夫克優一爹　咖衣瞎嘎　阿捕拿衣
fu.kyo.u.de.　ka.i.sha.ga.　a.bu.na.i.
不景氣的關係，公司的狀況有點危險。

○ 道路で　遊んでは　危ないよ。
どうろ　あそ　　　　あぶ

兜一樓爹　阿搜嗯爹哇　阿捕拿衣優
do.ro.u.de.　a.so.n.de.wa.　a.bu.na.i.yo.
在路上玩很危險。

○ 危ない　ところを　助けられた。
あぶ　　　　　　たす

阿捕拿衣　偷口摟喔　他思開啦勒他
a.bu.na.i.　to.ko.ro.o.　ta.su.ke.ra.re.ta.
在千鈞一髮之際得救了。

つ この川で　泳ぐのは　危ないよ。

口no咖哇爹　歐優古no哇　阿捕拿衣優
ko.no.ka.wa.de.　o.yo.gu.no.wa.　a.bu.na.i.
yo.
在這條河游泳很危險喔。

つ 危ないぞ。

阿捕拿衣走
a.bu.na.i.zo.
很危險喔！

やめて。

呀妹貼

ya.me.te.

停止。

説　明

要對方停止再做一件事的時候，可以用這個字來制止對方。但是通常會用在平輩或晚輩身上，若是對尊長說的時候，則要說「勘弁してください」。

會　話

A 変な虫を　見せてあげる。

嘿嗯拿母吸喔　咪誰貼阿給嚕

he.n.na.mu.shi.o.　mi.se.te.a.ge.ru.

給你看隻怪蟲。

B やめてよ。気持ち悪い。

呀妹貼唷　key謀漆哇嚕衣

ya.me.te.yo.　ki.mo.chi.wa.ru.i..

不要這樣，很噁心耶！

相　關

⊃ やめてください。

呀妹貼哭搭撒衣

ya.me.te.ku.da.sa.i.

請停止。

⊃ まだ　やめてない？

媽搭　呀妹貼拿衣

ma.da.　ya.me.te.na.i.

還不放棄嗎？

● track 162

考_{かんが}えすぎないほうがいいよ。

考えすぎないほうがいいよ。

咖嗯嘎世思個衣拿衣　吼ー嘎衣ー優
ka.n.ga.e.su.gi.na.i.　ho.u.ga.i.i.yo.
別想太多比較好。

說　明

「～ほうがいい」帶有勸告的意思，就像中文裡的「最好～」。要提出自己的意見提醒對方的時候，可以用這個句子。

會　話 1

Ⓐ あまり　考_{かんが}えすぎない　ほうがいいよ。

阿媽哩　咖嗯嘎世思個衣拿衣　吼ー嘎衣ー優
a.ma.ri.　ka.n.ga.e.su.gi.na.i.　ho.u.ga.i.i.yo.
不要想太多比較好。

Ⓑ うん、なんとかなるからね。

烏嗯　拿嗯偷咖拿嚕咖啦內
u.n.　na.n.to.ka.na.ru.ka.ra.ne.
嗯，船到橋頭自然直嘛。

會　話 2

Ⓐ 風邪_{かぜ}ですね。家_{いえ}で　休_{やす}んだほうが　いいです。

咖賊爹思內　衣世爹　呀思嗯搭吼ー嘎　衣ー爹思
ka.ze.de.su.ne.　i.e.de.ya.su.n.da.ho.u.ga.
i.i.de.su.
你感冒了。最好在家休息。

Ⓑ はい、分_わかりました。

哈衣　哇咖哩媽吸他

ha.i.　　wa.ka.ri.ma.shi.ta.
好，我知道了。

相　關

つ 食べすぎない　ほうがいいよ。

他背思個衣拿衣　吼一嘎衣一優
ta.be.su.gi.na.i.　ho.u.ga.i.i.yo.
最好別吃太多。

つ 行かない　ほうがいいよ。

衣咖拿衣　吼一嘎衣一優
i.ka.na.i.　ho.u.ga.i.i.yo.
最好別去。

つ 言った　ほうがいいよ。

衣・他　吼一嘎衣一優
i.tta.　ho.u.ga.i.i.yo.
最好說出來。

やってみない？

呀・貼咪拿衣
ya.tte.mi.na.i.
要不要試試？

說　明

建議對方要不要試試某件事情的時候，可以用這
個句子來詢問對方的意願。

會　話

Ⓐ 大きい 仕事の依頼が 来たんだ。やってみ
ない？

歐－key－ 吸狗偷no衣啦衣嘎 key他嗯搭
呀・貼咪拿衣
o.o.ki.i. shi.go.to.no.i.ra.i.ga. ki.ta.n.da. ya.
tte.mi.na.i.

有件大工程，你要不要試試？

Ⓑ はい、是非 やらせて ください。

哈衣 賊he 呀啦誰貼 哭搭撒衣
ha.i. ze.hi. ya.ra.se.te. ku.da.sa.i.

好的，請務必交給我。

相　關

⊃ 食べてみない？

他背貼咪拿衣
ta.be.te.mi.na.i.
要不要吃吃看？

⊃ してみない？

吸貼咪拿衣
shi.te.mi.na.i.
要不要試試？

• track 164

落ち着いて。

歐漆此衣貼
o.chi.tsu.i.te.
冷靜下來。

説・明

當對方心神不定，或是怒氣沖沖的時候，要請對方冷靜下來好好思考，可以説「落ち着いて」，而小朋友坐立難安，跑跑跳跳時，也可以用這句話請他安靜下來。此外也帶有「落腳」、「平息下來」的意思。

會 話

Ⓐ もう、これ以上 我慢できない！

謀— 口勒衣糾— 嘎媽嗯 爹key拿衣
mo.u. ko.re.i.jo.u. ga.ma.n. de.ki.na.i.
我忍無可忍了！

Ⓑ 落ち着いてよ。怒っても 何も
解決しないよ。

歐漆此衣貼優　歐口・貼謀　拿你謀　咖衣開
此吸拿衣優
o.chi.tsu.i.te.yo. o.ko.tte.mo. na.ni.mo. ka.i.ke.tsu.shi.na.i.yo.
冷靜點，生氣也不能解決問題啊！

相 關

⭕ 落ち着いて 話してください。

歐漆此衣貼　哈拿吸貼哭搭撒衣
o.chi.tsu.i.te. ha.na.shi.te.ku.da.sa.i.
冷靜下來慢慢説。

⭕ 田舎に 落ち着いて もう 五年に なる。

衣拿咖你　歐漆此衣貼　謀一　狗內嗯你　拿嚕
i.na.ka.ni.　o.chi.tsu.i.te.　mo.u.　go.ne.n.ni.
na.ru.

在鄉下落腳已經五年了。

○ 世の中が　落ち着いてきた。

優no拿咖嘎　歐漆此衣貼key他
yo.no.na.ka.ga.　o.chi.tsu.i.te.ki.ta.

社會安定下來了。

身心狀態篇

気持ち悪い。

key 謀漆哇嚕衣
ki.mo.chi.wa.ru.i.
不舒服。／噁心。

説　明

「気持ち」是心情、感覺的意思，後面加上適當
的形容詞，像是「いい」「わるい」就可以表達
自己的感覺。

會 話 1

Ⓐ ケーキを 五つ 食べた。ああ、気持ち悪い。

開－key喔　衣此此他背他　阿－　key謀漆哇嚕
衣
ke.e.ki.o.　i.tsu.tsu.ta.be.ta.　ki.mo.chi.wa.ru.i.
我吃了五個蛋糕，覺得好不舒服喔！

Ⓑ 食べすぎだよ。

他背思個衣搭優
ta.be.su.gi.da.yo.
你吃太多了啦！

會 話 2

Ⓐ どうしたの？

兜－吸他no
do.u.shi.ta.no.
怎麼了？

Ⓑ 船に 乗ったら 気持ちが 悪く なった。

夫內你 no・他啦　key謀漆嘎　哇嗚哭　拿・他
fu.ne.ni.　no.tta.ra.　ki.mo.chi.ga.　wa.
ru.ku.　na.tta.
坐上船之後就不太舒服。

相　關

⊃ 少し　気持ち悪いんです。

思口吸　key謀漆哇嚕衣嗯爹思
su.ko.shi.　ki.mo.chi.wa.ru.i.n.de.su.

覺得有點噁心。

⊃ 気持ちが　いい。

key謀漆嘎　衣－
ki.mo.chi.ga.　　i.i.

心情很好。

⊃ 気持ちのよい　朝ですね。

key謀漆no優衣　阿撒爹思內
ki.mo.chi.no.yo.i.　a.sa.de.su.ne.

真是個讓人心情很好的早晨。

● track 166

調子はどうですか？

秋ー吸哇　兜ー爹思咖

cho.u.shi.wa.　do.u.de.su.ka.

狀況如何？

說　明

要身體的狀況，或是事情進行的情況時，就是「調子」。後面再加上形容詞，就可以表示狀態。而「調子に乘る」則是有「得意忘形」的意思。

會　話

A 今日の　調子は　どうですか？

克優ーno　秋ー吸哇　兜ー爹思咖

kyo.u.no.　cho.u.shi.wa.　do.u.de.su.ka.

今天的狀況如何？

B 上々です。絶対に　勝ちます。

糾ー糾ー爹思　賊・他衣你　咖漆媽思

jo.u.jo.u.de.su.　ze.tta.i.ni.　ka.chi.ma.su.

狀況很棒，絕對可以得到勝利！

相　關

⊃ 車の　調子が　悪いです。

哭嚕媽no　秋ー吸嘎　哇嚕衣爹思

ku.ru.ma.no.　cho.u.shi.ga.　wa.ru.i.de.su.

車子的狀況怪怪的。

⊃ 調子が　いいです。

秋ー吸嘎　衣ー爹思

cho.u.shi.ga.　i.i.de.su.

狀況很好。

⊃ 山田選手は　最近　調子が　悪い　みたいで

• track 166

す。

呀媽搭誰嗯噓哇　撒衣key嗯　秋一吸嘎　哇嚕衣
咪他衣爹思

ya.ma.da.se.n.shu.wa.　sa.i.ki.n.　cho.u.shi.ga.
wa.ru.i.　mi.ta.i.de.su.

山田選手最近狀況好像不太好。

⊃ 彼は　体の　調子が　大変　よい。

咖勒哇　咖啦搭no　秋一吸哇　他衣嘿嗯　優衣
ka.re.wa.　ka.ra.da.no.　cho.u.shi.ga.
ta.i.he.n.　yo.i.

他的身體很好。

⊃ 調子よく　事が　運んで　よかった。

秋一吸優哭　口偷嘎　哈口嗯爹　優咖·他
cho.u.shi.yo.ku.　ko.to.ga.　ha.ko.n.de.
yo.ka.tta.

事情進行得很順利真是太好了。

⊃ やっと　調子が　出てきた。

呀·偷　秋一吸嘎　爹貼key他
ya.tto.　cho.u.shi.ga.　de.te.ki.ta.

狀況終於變好了。

だいじょうぶ
大丈夫。

搭衣糾－捕

da.i.jo.u.bu.

沒關係。／沒問題。

説　明

要表示自己的狀況沒有問題，或是事情一切順利的時候，就可以用這句字來表示。若是把語調提高，則是詢問對方「還好吧？」的意思。

會話 1

Ⓐ かおいろ
顔色が　悪いです。大丈夫　ですか？

咖歐衣摟嘎　哇嚕衣爹思　搭衣糾－捕　爹思咖

ka.o.i.ro.ga.　wa.ru.i.de.su.　da.i.jo.u.bu.　de.su.ka.

你的氣色不太好，還好嗎？

Ⓑ ええ、大丈夫です。ありがとう。

せー　搭衣糾－捕爹思　阿哩嘎倫

e.e.　da.i.jo.u.bu.de.su.　a.ri.ga.to.u.

嗯，我很好，謝謝關心。

會話 2

Ⓐ ひとり　も　だいじょうぶ
一人で　持つのは　大丈夫？

he偷哩爹　謀此no哇　搭衣糾－捕

hi.to.ri.de.　mo.tsu.no.wa.　da.jo.u.bu.

你一個人拿沒問題嗎？

Ⓑ よゆう
これぐらい　まだ余裕だ。

口勒古啦衣　媽搭優瘀－搭

ko.re.gu.ra.i.　ma.da.yo.yu.u.da.

這點東西太容易了。

● track 167

相　關

⊃ きっと　大丈夫。

key・偷　搭衣糾－捕
ki.tto.　da.i.jo.u.bu.
一定沒問題的。

⊃ 大丈夫だよ。

搭衣糾－捕搭優
da.i.jo.u.bu.da.yo.
沒關係。／沒問題的。

⊃ 大丈夫？

搭衣糾－捕
da.i.jo.u.bu.
還好吧？

びっくり。

逼・哭哩

bi.kku.ri.

嚇一跳。

説　明

這個字是「嚇一跳」的意思。被人、事、物嚇了一跳時，可以說「びっくりした」來表示內心的驚訝。

會　話

Ⓐ サプライズ！お誕生日　おめでとう！

撒撲啦衣資　　　歐他嗯糾一逼　歐妹爹倫一

sa.pu.ra.i.zu.　o.ta.n.jo.u.bi.　o.me.de.to.u.

大驚喜！生日快樂！

Ⓑ わ、びっくりした。ありがとう。

哇　逼・哭哩吸他　阿哩嘎倫一

wa.　bi.kku.ri.shi.ta.　a.ri.ga.to.u.

哇，嚇我一跳。謝謝你。

相　關

つ びっくりしました。

逼・哭哩吸媽吸他

bi.ku.ri.shi.ma.shi.ta.

嚇了我一跳。

つ びっくり　させないでよ。

逼・哭哩　撒誰拿衣爹優

bi.kku.ri.　sa.se.na.i.de.yo.

別嚇我。

• track 169

かんどう
感動しました。

咖嗯兜一吸媽吸他
ka.n.do.u.shi.ma.shi.ta.
感動。

説　明

這個字和中文的「感動」一樣，用法也一致。連念法也和中文幾乎一模一樣，快點學下這個字在會話中好好運用一番吧！

會話1

Ⓐ いい 映画ですね。
衣一　せー嘎爹思内
i.i.　e.i.ga.de.su.ne.
真是一部好電影呢！

Ⓑ そうですね。最後の シーンに 感動しました。
搜一爹思内　撒衣狗no　吸一嗯你　咖嗯兜一吸媽吸他
so.u.de.su.ne.　sa.i.go.no.　shi.i.n.ni.　ka.n.do.u.shi.ma.shi.ta.
對啊，最後一幕真是令人感動。

會話2

Ⓐ この曲、泣けますね。
口no克優哭　拿開媽思内
ko.no.kyo.ku.　na.ke.ma.su.ne.
這首歌好感人喔。

Ⓑ そうですね。歌詞に 感動 しました。
搜一爹思内　咖吸你　咖嗯偷一吸媽吸他
so.u.de.su.ne.　ka.shi.ni.　ka.n.do.u.

shi.ma.shi.ta.

對啊。歌詞很讓人感動。

相　關

○ 彼は　感動しやすい　人だね。

咖勒哇　咖嗯兜一吸呀思衣　　　　he偷搭內
ka.re.wa.　ka.n.do.u.shi.ya.su.i.　hi.ta.da.ne.
他很容易受感動。

○ 深い感動を　受けた。

夫咖衣咖嗯兜一喔　　　烏開他
fu.ka.i.ka.n.do.u.o.　u.ke.ta.
受到深深感動。

● track 170

用事がある。
ようじ

優－基嘎阿嚕

yo.u.ji.ga.a.ru.

有事。

説　明

受到了邀請的時候，若是想要拒絕，絕對不可以直接說「行きたくない」而是要用「用事がある」這類比較委婉的方式拒絕對方，對方也會很識相的知難而退。

會　話

Ⓐ 用事が あるから、先に 帰るわ。
ようじ **さき** **かえ**

優－基嘎　阿魯咖啦　　撇key你　咖せ嚕哇

yo.u.ji.ga.　a.ru.ka.ra.　sa.ki.ni.　ka.e.ru.wa.

我還有事，先走了。

Ⓑ うん、お疲れ。
つか

烏嗯　　歐此咖勒

u.n.　o.tsu.ka.re.

好的，辛苦了。

相　關

⊃ ちょっと 用事が ある。
ようじ

秋・偷　優－基嘎　阿嚕

cho.tto.　yo.u.ji.ga.　a.ru.

有點事。

⊃ 急な 用事が できたので 帰らなくては な
きゅう **ようじ** **かえ**
らなくなった。

克優－拿　優－基嘎　参key他no参　咖せ啦拿
哭貼哇　啦拿拿哭拿・他

kyu.u.na. yo.u.ji.ga. de.ki.ta.no.de. ka.e.ra.
na.ku.te.wa. na.ra.na.ku.na.tta.

突然有急事，不回去不行。

○ 今日は 別に 用事が ない。

克優一哇 背此你 優一基嘎 拿衣
kyo.u.wa. be.tsu.ni. yo.u.ji.ga. na.i.

今天沒什麼重要的事。

○ もう 一つ 用事が あるので 失礼 いたし
ます。

謀一 he偷此 優一基嘎 阿嘻no爹 吸此勒一
衣他吸媽思
mo.u. hi.to.tsu. yo.u.ji.ga. a.ru.no.de.
shi.tsu.re.i. i.ta.shi.ma.su.

我還有件事要辦，先走一步。

○ 用事が あるのだが。

優一基嘎 阿嘻no搭嘎
yo.u.ji.ga. a.ru.no.da.ga.

我有事想找你談。

• track 171

じしん
自信がない。

基吸嗯嘎拿衣
ji.shi.n.ga.na.i.na.a.
沒信心。

説　明

「自信」是表示對一件事情有沒有把握，後面有
「ある」「ない」來表示信心的有無。

會　話

A ほんとう
本当に 運転できる？

吼嗯倫－你　　烏嗯貼嗯爹key嚕
ho.n.to.u.ni.　u.n.te.n.de.ki.ru.
你真的會開車嗎？

B じしん
自信ないなあ。

基吸嗯拿衣拿－
ji.shi.n.na.i.na.a.
我也沒什麼把握。

相　關

⊃ じしんまんまん
自信満々だ。

基吸嗯媽嗯媽嗯搭
ji.shi.n.ma.n.ma.n.da.
有十足的信心。

⊃ にほんご　　よ
日本語を 読むには なんとかなるが、会話は
じしん
自信が ない。

你吼嗯狗喔　優母你哇　拿嗯倫咖拿嚕嘎　咖衣
哇哇　基吸嗯嘎　拿衣
ni.ho.n.go.o.　yo.mu.ni.wa.　na.n.to.ka.na.ru.ga.
ka.i.wa.wa.　ji.shi.n.ga.na.i.
如果是看日文的話應該沒問題，但是會話我就沒

• track 171

把握了。

➲ 当店が 自信を 持って お勧め します。
とうてん　　　　　じしん　　　　　も　　　　　　すす

偷一貼嗯嘎　基吸嗯喔　謀・貼　歐思思妹　吸
媽思

to.u.te.n.ga.　ji.shi.n.o.　mo.tte.　o.su.su.me.
shi.ma.su.

這是本店的推薦商品。

● track 172

心配する。
しんぱい

吸嗯趴衣思嚕

shi.n.pa.i.su.ru.

擔心。

説　明

詢問對方的情形、覺得擔心或是對事情不放心的時候，可以用這個關鍵詞來表示心中的感受。

會話 1

A 体の 調子は 大丈夫 ですか？
からだ　ちょうし　だいじょうぶ

咖啦搭no 秋一吸哇 搭衣糾－捕爹思咖

ka.ra.da.no. cho.u.shi.wa. da.i.jo.u.bu. de.su.ka.

身體還好嗎？

B 心配しないで。もう 大分 よくなりました。
しんぱい　　　　　だいぶ

吸嗯趴衣吸拿衣爹 謀一 搭衣捕 優哭拿哩媽吸他

shi.n.pa.i.shi.na.i.de. mo.u.da.i.bu. yo.ku.na.ri.ma.shi.ta.

別擔心，已經好多了。

會話 2

A 面接が うまく いくだろうね。
めんせつ

妹嗯誰此嘎 烏媽哭 衣哭搭摟一內

me.n.se.tu.ga. u.ma.ku. i.ku.da.ro.u.ne.

面試不知道能不能順利。

B 私も 心配で 胸が どきどき する。
わたし　　しんぱい　　むね

哇他吸謀 吸嗯趴衣爹 母內嘎 兜key兜key思嚕

305 ●

wa.ta.shi.mo.　　shi.n.pa.i.de.　　mu.ne.ga.
do.ki.do.ki.　　su.ru.

我也因為很擔心所以十分緊張。

相　　關

⊃ 子供の　将来を　心配する。

口偷謀no　休一啦衣喔　吸嗯趴衣思嚕
ko.do.mo.no.　sho.u.ra.i.o.　shi.n.pa.i.su.ru.

擔心孩子的未來。

⊃ 今日は　雨の　心配は　ありません。

克優一哇　阿妹no　吸嗯趴衣哇　阿哩媽誰嗯
kyo.u.wa.　a.me.no.　shi.n.pa.i.wa.　a.ri.ma.
se.n.

今天不用擔心會下雨。

気分はどう？

key 捕嗯哇兜－
ki.bu.n.wa.do.u.

感覺怎麼樣？

説　明

「気分」可以指感覺，也可以指身體的狀態，另外也可以來表示周遭的氣氛，在這個字前面加上適當的形容詞，就可以完整表達意思。

會　話

Ⓐ 気分は　どう？

key 捕嗯哇　兜－
ki.bu.n.wa.　do.u.

感覺怎麼樣？

Ⓑ うん、さっきよりは　よくなった。

烏嗯　　撒・key 優哩哇　優哭拿・他
u.n.　sa.ki.yo.ri.wa.　yo.ku.na.tta.

嗯，比剛剛好多了。

相　關

⊃ 気分が　穏やかに　なる。

key 捕嗯嘎　歐搭呀咖你　拿嚕
ki.bu.n.ga.　o.da.ya.ka.ni.　na.ru.

氣氛變得很祥和。

⊃ 今日は　ご気分は　いかがですか？

克優－哇　狗 key 捕嗯哇　衣咖嘎爹思咖
kyo.u.wa.　go.ki.bu.n.wa.　i.ka.ga.de.su.ka.

您今天的身體狀況如何？

⊃ 映画を　見る　気分に　ならない。

307 ●

せー嘎喔　咪嚕　key捕嗯侠　拿啦拿衣
e.i.ga.o.　mi.ru.　ki.bu.n.ni.　na.ra.na.i.
沒心情去看電影。

⊃ 気分転換に　映画でも　どう？

key捕嗯貼嗯咖嗯你　せー嘎爹謀　兜ー
ki.bu.n.te.n.ka.n.ni.　e.i.ga.de.mo.do.u.
為了轉換心情，我們去看電影吧？

• track 174

かっこういい。

咖・ロー衣－

ka.kko.u.i.i.

帥。／酷。／有個性。／棒。

説　明

「かっこう」可以指外型、動作，也可以指人的
性格、個性。無論是形容外在還是內在，都可以
用這個詞來說明。

會　話

Ⓐ 見て、最近買った 時計。

咪貼　撒衣key嗯咖・他　偷開－

mi.te.　sa.i.ki.n.ka.tta.　to.ke.i.

你看！我最近買的手錶。

Ⓑ かっこういい！

咖・ロー衣－

ka.kko.u.i.i.

好酷喔！

相　關

❍ かっこう悪い。

咖・ロー哇嚕衣

ka.kko.u.wa.ru.i.

真遜。

❍ 変なかっこうで歩く。

嘿嗯拿　咖・ロー爹　阿嚕哭

he.n.na.　ka.kko.u.de.　a.ru.ku.

用奇怪的姿勢走路。／穿得很奇怪走在路上。

迷っている。

媽優・貼衣嚕

ma.yo.tte.i.ru.

很猶豫。／迷路。

説　明

「迷っている」是迷路的意思，另外抽象的意思則有迷惘的意思，也就是對於要選擇什麼感到很猶豫。

會　話

Ⓐ 何を 食べたい ですか？

拿你喔　他背他衣　爹思咖

na.ni.o.　ta.be.ta.i.　de.su.ka.

你想吃什麼。

Ⓑ うん、迷っているんですよ。

烏嗯　媽優・貼衣嚕嗯爹思優

u.n.　ma.yo.tte.i.ru.n.de.su.yo.

嗯，我正在猶豫。

相　關

⊃ どれを 買おうか 迷っているんです。

兜勒喔　咖歐一咖　媽優・貼衣嚕嗯爹思

do.re.o.　ka.o.u.ka.　ma.yo.tte.i.ru.n.de.su.

不知道該買哪個。

⊃ 道に 迷ってしまった。

咪漆你　媽優・貼吸媽・他

mi.chi.ni.　ma.yo.tte.shi.ma.tta.

迷路了。

● track 176

のどが痛い。

no兜嘎　衣他衣
no.do.ga.　i.ta.i.
喉嚨好痛。

説　明

覺得很痛的時候，可以用痛い這個字，表達自己的感覺。除了實際的痛之外，心痛（胸が痛い）、痛腳（痛いところ）、感到頭痛（頭がいたい），也都是用這個字來表示。

會　話

A どうしたの？

兜－吸他no
do.u.shi.ta.no.
怎麼了？

B のどが　痛い。

no兜嘎　衣他衣
no.do.ga.　i.ta.i.
喉嚨好痛。

相　關

⊃ おなかが　痛い。

歐拿咖嘎　衣他衣
o.na.ka.ga.　i.ta.i.
肚子痛。

⊃ 目が　痛いです。

妹嘎　衣他衣參思
me.ga.　i.ta.i.
眼睛痛。

311 ●

悔^{くや}しい！

哭呀吸－
ku.ya.shi.i.
真是不甘心！

説　明

遇到了難以挽回的事情，要表示懊悔的心情，就用「悔しい」來表示。

會話1

Ⓐ あいつに　負^まけてしまって、悔^{くや}しい！

阿衣此你　媽開貼吸媽媽‧貼　哭呀吸－
a.i.tsu.ni.　ma.ke.te.shi.ma.tte.　ku.ya.shi.i.
輸給那傢伙真是不甘心！

Ⓑ 気^きにしないで、よくやったよ！

key你吸拿衣爹　優哭呀‧他優
ki.ni.shi.na.i.de.　yo.ku.ya.tta.yo.
別在意，你已經做得很好了！

會話2

Ⓐ はい、武志^{たけし}の負^まけ。

哈衣　他開吸no　媽開
ha.i.　ta.ke.shi.no.　ma.ke.
好，武志你輸了。

Ⓑ わあ、悔^{くや}しい！

阿一　哭呀吸－
wa.a.　ku.ya.shi.i.
哇，好不甘心喔。

相　關

⊃ 悔^{くや}しいです。

哭呀吸－爹思
ku.ya.shi.i.de.su.
真不甘心！

➲ 情けない。

拿撒開拿衣
na.sa.ke.na.i.
好丟臉。

➲ 残念です。

紫嗯內嗯爹思
za.n.ne.n.de.su.
太可惜了。

➲ 惜しい。

歐吸－
o.shi.i.
可惜！

楽しかった。

他no吸咖・他

ta.no.shi.ka.tta.

很開心。

説　明

「楽しかった」是用來表示愉快的經驗。這個字
是過去式，也就是經歷了一件很歡樂的事或過了
很愉快的一天後，會用這個字來向對方表示自己
覺得很開心。

會話1

Ⓐ 北海道は　どうでしたか？

吼・咖衣兜－哇　　兜－爹吸他咖

ho.kka.i.do.u.wa.　do.de.shi.ta.ka.

北海道的旅行怎麼樣呢？

Ⓑ 景色も　きれいだし、食べ物も　おいしい
し、楽しかったです。

開吸key謀　key勒－搭吸　他背謀no謀　歐衣吸
－吸　他no吸咖・他爹思

ke.shi.ki.mo.　ki.re.i.da.shi.　ta.be.mo.no.mo.
o.i.shi.i.si　ta.no.shi.ka.tta.de.su.

風景很漂亮，食物也很好吃，玩得很開心。

Ⓐ そうですか？うらやましいです。

搜－爹思咖　鳥啦呀媽吸－爹思

so.u.de.su.ka.　u.ra.ya.ma.shi.i.de.su.

是嗎，真是令人羨慕呢！

會話2

Ⓐ 今日は　楽しかった。

克優－哇　他no吸咖・他

● track 178

kyo.u.wa.　ta.no.shi.ka.tta.
今天真是開心。

B うん、また 一緒に 遊ぼうね。

烏嗯　媽他　衣・休你　阿搜玻一內
u.n.　ma.ta.　i.ssho.ni.　a.so.bo.u.ne.
是啊，下次再一起玩吧！

相　關

つ とても 楽しかったです。

偷貼謀　他no吸咖・他爹思
to.te.mo.　ta.no.shi.ka.tta.de.su.
覺得十分開心。

つ 今日も 一日 楽しかった。

克優一謀　衣漆你漆　他no吸咖・他
kyo.u.mo.　i.chi.ni.chi.　ta.no.shi.ka.tta.
今天也很開心。

恥ずかしい。

哈資咖吸—
ha.zu.ka.shi.i.
真丟臉！

説　明

做出丟臉的事情時，用來表示害羞難為情之意。

會　話

Ⓐ あれ、どうして　パジャマを　着てる？

阿勒　兜一吸貼　趴加媽喔　key貼嚕
a.re. do.u.shi.te. pa.ja.ma.o. ki.te.ru.

欸，你為什麼穿著睡衣？

Ⓑ あっ、恥ずかしい！

阿　哈資咖吸—
a. ha.zu.ka.shi.i.

啊！好丟臉啊！

相　關

⊃ 情けない。

拿撒開拿衣
na.sa.ke.na.i.
真難為情。

⊃ 赤面の　至りだ。

阿咖妹嗯no 衣他哩搭
se.ki.me.n.no. i.ta.ri.
真讓人臉紅。

⊃ 合わせる　顔が　ない。

阿哇誰嚕　咖歐嘎　拿衣
a.wa.se.ru. ka.o.ga. na.i.
沒臉見人。

● track 180

してみたい。

吸貼咪他衣
shi.te.mi.ta.i.
想試試。

説　明

表明對某件事躍躍欲試的狀態，可以用「してみたい」來表示自己想要參與。

會　話

A 一人旅を　してみたいなあ。

he偷哩他逼喔　吸貼咪他衣拿－
hi.to.ri.ta.bi.o.　shi.te.mi.ta.i.na.a.
想試試看一個人旅行。

B わたしも。

哇他吸謀
wa.ta.shi.mo.
我也是。

相　關

○ やってみたいです。

呀‧貼咪他衣爹思
ya.tte.mi.ta.i.
想試試。

○ 参加してみたい。

撒嗯咖吸貼咪他衣
sa.n.ka.shi.te.mi.ta.i.
想參加看看。

○ 体験して　みたいです。

他衣開嗯吸貼　咪他衣爹思

● track 180

ta.i.ke.n.shi.te.　mi.ta.i.de.su.
想體驗看看。

成語俚語篇

朝飯前。
あさめしまえ

阿撒妹吸媽せ

a.sa.me.shi.ma.e.

輕而易舉。

説　明

在吃早餐之前的時間就可以完成的事情，表示事情非常的簡單，會費吹灰之力就可以完成了。

會　話

Ⓐ すごい。惠美ちゃん 上手だね。
　　　　　　　　え み　　　　　じょうず

思狗衣　せ咪掐嗯　　糾一資搭內

su.go.i.　e.mi.cha.n.　jo.u.zu.da.ne.

真厲害。惠美你真棒。

Ⓑ ほんの 朝飯前よ。
　　　　　あさめしまえ

吼嗯no　阿撒妹吸媽せ優

ho.n.no.　a.sa.me.shi.ma.e.yo.

輕而易舉，小事一樁。

• track 182

足を引っ張る
あし ひ ぱ

阿吸喔　he・趴嚕
a.shi.o.　hi.ppa.ru.
扯後腿

説　明

妨礙別人做事、當大家都在做一件事時，只有自己一個人做不好，造成大家的困擾時，就可以用這句話。

會　話

A 今日の 朝から サッカーを 練習する。
きょう あさ れんしゅう

克優－no　阿撒咖啦　撒・咖一喔　勒嗯嚕一思嚕
思嚕
kyo.u.no.　a.sa.ka.ra.　sa.kka.a.o.　re.n.shu.u.
su.ru.

今天早上開始要練習足球囉！

B はあ、みんなの 足を 引っ張ったら どう
あし ひ ぱ
しよう…。

哈－　咪嗯拿no　阿吸喔　he・趴・他啦
兜－吸優－
ha.a.　mi.n.na.no.　a.shi.o.　hi.ppa.tta.ra.
do.u.shi.yo.u.

希望我不會扯班上同學的後腿。

A 心配しないで。きっと 大丈夫だよ。
しんぱい だいじょうぶ

吸嗯趴衣吸拿衣爹　key・倫　搭衣糾－捕搭優
shi.n.pa.i.shi.na.i.de.　ki.tto.　da.i.jo.u.bu.da.yo.
別擔心，一定沒問題的。

● track 183

油を売る。

あぶら を う

阿捕啦喔　烏嚕

a.bu.ra.　o.　u.ru.

偷懶。

說　明

在古代，去買燈油時，因為把油移到容器十分花時間，所以賣油的人常常會和客人聊天打發時間，所以就用這句話來表示和人閒聊度過時間。現在則多半是用在形容人在往目的地的路上繞到別的地方去，或是偷懶。

會　話

Ⓐ 小百合　まだ　帰って　こないなあ。

さ ゆ り　　　　　　　かえ

搬瘀哩　媽搭　咖せ・貼　口拿衣拿－

sa.yu.ri.　ma.da.　ka.e.tte.　.ko.na.i.na.a.

小百合還沒回來嗎？

Ⓑ どこかで　寄り道　しているんでしょう。

よ　みち

兜口咖爹　　優嘿咪漆　吸貼衣魯嗯爹休－

do.ko.ka.de.　yo.ri.mi.chi.　shi.te.i.ru.n.　de.sho.u.

可能順道繞到別的地方去了吧。

Ⓒ ただいま。

他搭衣媽

ta.da.i.ma.

我回來了。

Ⓐ もう。どこで　油を売っていたの！

あぶら う

謀－　兜口爹　阿捕啦喔　烏・貼衣他no

mo.u.　do.ko.de.　a.bu.ra.o.　u.tte.i.ta.no.

真是的，你跑到哪裡去閒晃了！

● track 184

一か八か。
いち　ばち

衣漆咖　巴漆咖
i.chi.ka.　ba.chi.ka.
交給上天決定。／一翻兩瞪眼。

説　明

不知道結果如何，把事情交給命運，放手去做。

會　話

Ⓐ 一回勝負だ！
いっかいしょうぶ

衣・咖衣休－捕搭
i.kka.i.sho.u.bu.da.
一次定勝負！

Ⓑ うん、一か　八か　勝負だ。
いち　ばち　しょうぶ

烏嗯　衣漆咖　巴漆咖　休－捕搭
u.n.　i.chi.ka.　ba.chi.ka.　sho.u.bu.da.
嗯嗯，讓老天決定吧！

Ⓑ じゃんけんぽん！

加嗯開嗯剖
ja.n.ke.n.po.n.
剪刀石頭布。

Ⓐ やった！僕の勝ち。
ぼく　か

呀・他　玻哭no咖漆
ya.tta.　bo.ku.no.ka.chi.
耶！我贏了！

● track 185

上の空。

烏哇no搜啦

u.wa.no.so.ra.

心不在焉。

説 明

被其他的事情吸引住，完全無法集中的樣子。

會 話

Ⓐ ねえ、愛子。聴いてる。

內一 阿衣口 key－貼嚕

ne.e. a.i.ko. ki.i.te.ru.

喂，愛子，你在聽嗎？

Ⓑ え、何？

せ 拿你

e. na.ni.

咦，什麼？

Ⓐ 今日の 愛子 何を 言っても 上の空だよ！

克優－no 阿衣口 拿你喔 衣‧貼謀 烏哇no搜啦搭優

kyo.u.no. a.i.ko. na.ni.o. i.tte.mo. u.wa.no.so.ra.da.yo.

今天我跟你說什麼，你都好像心不在焉！

• track 186

気が気でない。

key 嘎 key 參拿衣

ki.ga.ki.de.na.i.

擔心得坐立難安。

説 明

非常擔心，而顯得坐立難安時，可以用這句話來
形容。

會 話

Ⓐ 怪我を したらしい ときかされ、授業中も
気が 気でなかった。大丈夫？

開嘎喔　吸他啦吸一　　偷 key 咖撒勒　　居哥優
謀　key 嘎　key 參拿咖・他　搭衣糾捕
ke.ga.o.　shi.ta.ra.shi.i.　to.ki.ka.sa.re.　ju.gyo.
u.chu.u.mo.　ki.ga　.ki.de.na.ka.tta.　da.i.jo.
u.bu.

聽說你受傷了，讓我上課也無法專心，你沒事吧？

Ⓑ うん、もう 大丈夫だ。ありがとうね。

烏嗯　謀一　搭衣糾一捕搭　阿哩嘎偷一內
u.n.　mo.u.　da.i.jo.u.bu.da.　a.ri.ga.to.u.ne.

嗯，已經沒事了，謝謝。

● track 187

口が軽い。

哭漆嘎咖嚕衣
ku.chi.ga.ka.ru.i.
大嘴巴。

説明

隨便就把別人的祕密說出去，嘴巴一點都不牢靠，可以用這句話來形容。相反詞是「口が堅い」。

會話

Ⓐ あなた、ひどいよ。

阿拿他　he兜衣優
a.na.ta.　hi.do.i.yo.
你很過分耶！

Ⓑ 何？

拿你
na.ni.
怎麼了嗎？

Ⓐ あれだけ　強く　言ったのに、私の　秘密を　みんなの　前で　話してたんでしょう。あなた　本当　口が　軽すぎるよ。

阿勒搭開　此優哭　衣・他no你　哇他吸no
　he咪此喔　咪嗯拿no　媽せ爹　哈拿吸他嗯爹
休—　阿拿他　吼嗯偷—　哭漆嘎　咖嚕思個
衣嚕優
a.re.da.ke.　tsu.yo.ku.　i.tta.no.ni.　wa.ta.shi.
no　.hi.mi.tsu.o.　mi.n.na.no.　ma.e.de.　ha.
na.shi.te.ta.n.　de.sho.u.　a.na.ta.　ho.n.to.u.　ku.
chi.ga.　ka.ru.su.gi.ru.yo.
我明明就特別叮嚀過，你還是把我的祕密告訴大家了。你真是個大嘴巴。

Ⓑ ごめん。

狗妹嗯

go.me.n.

對不起。

相 關

⊃ 口が 堅い。

哭漆嘎 咖他衣

ku.chi.ga. ka.ta.i.

口風很緊。

⊃ 口が 重い。

哭漆嘎 歐謀衣

ku.chi.ga. o.mo.i.

話很少。

⊃ 口が 悪い。

哭漆嘎 哇嚕衣

ku.chi.ga. wa.ru.i.

嘴很壞。

台無しにする。
だいな

搭衣拿吸你思嚕

da.i.na.shi.ni.su.ru.

斷送了。／糟蹋了。

説　明

比喻事物完全沒有希望了，前功盡棄。

會　話

A 今日は　道で　転んじゃった。新しい　ワン
ピースが　台無し…。

克優－哇　咪漆爹　口摟嗯加・他　阿他啦吸－
哇嗯披－思嘎　搭衣拿吸

kyo.u.wa.　mi.chi.de.　ko.ro.n.ja.tta.　a.ta.ra.
shi.i.　wa.n.pi.i.su.ga.　da.i.na.shi.

今天在路上跌倒，新買的連身裙都毀了。

B 大丈夫よ、洗えば　落ちるわ。

搭衣糾－捕優　阿啦世巴　歐漆嚕哇

da.i.jo.u.bu.yo.　a.ra.e.ba.　o.chi.ru.wa.

沒關係，洗一洗就乾淨了。

A でも　ペンキ　つけちゃったよ。

爹謀　呸嗯key　此開拍・他優

de.mo.　pe.n.ki.　tsu.ke.cha.tta.yo.

可是沾到油漆了。

B えっ、それは　台無しに　なった。

世　搜勒哇　搭衣拿吸你　拿・他

e.　so.re.wa.　da.i.na.shi.　ni.na.tta.

什麼？那就沒辦法了。

● track 189

棚<ruby>棚<rt>だな</rt></ruby>に<ruby>上<rt>あ</rt></ruby>げる。

他拿你阿給嚕
ta.na.ni.a.ge.ru.
避重就輕。

説　明

將對自己不利的事情擱置在一旁，盡量不去碰觸。

會　話

Ⓐ もう　<ruby>十時<rt>じゅうじ</rt></ruby>だ。<ruby>早<rt>はや</rt></ruby>く　<ruby>寝<rt>ね</rt></ruby>ろ。

謀－　居－基搭　　哈呀哭　內摟
mo.u.　ju.u.ji.da.　ha.ya.ku.　ne.ro.
已經十點了，快點去睡。

Ⓑ もう　ちょっとね、<ruby>終<rt>お</rt></ruby>わったら　すぐ<ruby>寝<rt>ね</rt></ruby>る。

謀－　秋‧偷內　　歐哇‧他啦　思古內嚕
mo.u.　cho.tto.ne.　o.wa.tta.ra.　su.gu.ne.ru.
再一下下，等結束了我就去睡。

Ⓐ <ruby>早<rt>はや</rt></ruby>く！

哈呀哭
ha.ya.ku.
快一點！

Ⓑ うるさいなあ、おにいちゃんは、<ruby>自分<rt>じぶん</rt></ruby>のこと は　<ruby>棚<rt>たな</rt></ruby>に　<ruby>上<rt>あ</rt></ruby>げて　<ruby>早<rt>はや</rt></ruby>く　<ruby>早<rt>はや</rt></ruby>くって。<ruby>私<rt>わたし</rt></ruby>が <ruby>寝<rt>ね</rt></ruby>た<ruby>後<rt>あと</rt></ruby>、<ruby>遅<rt>おそ</rt></ruby>くまで　テレビを　<ruby>見<rt>み</rt></ruby>てる　くせ に。

烏嚕撒衣拿－　　歐你－搞嗯哇　　基捕嗯no口
偷哇　他拿你　阿給貼　哈呀哭　　哈呀哭‧
貼　哇他吸嘎　內他阿偷　歐搜哭媽爹　貼
勒逼喔　咪貼嚕　哭誰你
u.ru.sa.i.na.a.　o.ni.i.cha.n.wa.　ji.bu.n.no.ko.

to.wa.　ta.na.ni.　a.ge.te.　ha.ya.ku.　ha.ya.
ku.tte.　wa.ta.shi.ga.　ne.ta.a.to.　o.so.ku.ma.
de.　te.re.bi.wo.　mi.te.ru.　ku.se.ni.

真囉唆！哥哥你也不管管自己，還叫我快一點。
明明我睡了之後，你自己都看電視到很晚。

● track 190

手を抜く。

貼喔奴哭

te.nu.ku.

偷懶。

説　明

省略非做不可的步驟，隨便做做。

會　話

A まだ　できないの？ちょっとは　手を　抜けば？

媽搭　　爹key拿衣no　秋‧偷哇　貼喔　奴開巴

ma.da. de.ki.na.i.no. cho.tto.wa. te.o. nu.ke.ba.

還沒好嗎？要不要稍微偷懶一點省些步驟。

B いやだ。

衣呀搭

i.ya.da.

不要。

● track 191

猫の手も借りたい。

內口no貼謀　咖哩他衣
ne.ko.no.te.mo.　ka.ri.ta.i.
忙得不得了。

説　明

比喻十分的忙碌人手不足，忙到想要向家中的貓借手。

會　話

Ⓐ 今日も　忙しかった？

克優一謀　衣搜嘎嘎吸咖・他
kyo.u.mo.　i.so.ga.shi.ka.tta.
今天也很忙嗎？

Ⓑ うん、猫の手も　借りたい　ほど。

鳥嗯　內口no貼謀　咖哩他衣　吼兜
u.n.　ne.ko.no.te.mo.　ka.ri.ta.i.　ho.do.
對啊，忙得不得了。

相　關

⊃ 目が回る。

妹嘎媽哇嚕
me.ga.ma.wa.ru.
忙得團團轉。

• track 192

歯が立たない。

哈嘎他他拿衣

ha.ga.ta.ta.na.i.

無法抗衡。

説　明

牙齒無法咬下，表示對手的實力太強，自己根本不是對手。

會話1

Ⓐ 絵を 描いてみたよ。見て。

世喔　咖衣貼咪他優　咪貼

e.o.　ka.i.te.mi.ta.yo.　mi.te.

我剛剛試畫了一張畫，你看看。

Ⓑ うまい！私の絵では 幸子に 歯が 立たない。

烏媽衣　哇他吸no世爹哇　撒漆口你　哈嘎他他拿衣

u.ma.i.　wa.ta.shi.no.e.de.wa.　sa.chi.ko.ni.ha.ga.　ta.ta.na.i.

畫得真好！我的畫根本比不上幸子你畫的。

會話2

Ⓐ 春日くんは わたしより 背が 高くて、運動では 歯が 立たないなあ。

咖思咖哭嗯哇　哇他吸優哩　誰嘎　他咖哭貼　烏嗯兜ー爹哇　哈嘎　他他拿衣拿ー

ka.su.ga.ku.n.wa.　wa.ta.shi.yo.ri.　se.ga.ta.ka.ku.te.　u.n.do.u.de.wa.　ha.ga.　ta.ta.na.i.na.a.

春日長得比我高，在運動方面我是贏不了他的。

●track 192

B でも、勉強なら　あなたのほうが　上だか
ら、いいんだ。

爹謀　　背嗯克優－拿啦　　阿拿他no吼ー嘎
烏せ咖啦　衣ー嗯搭

de.mo.　be.n.kyo.u.na.ra.　a.na.ta.no.ho.u.ga.
　u.e.da.ka.ra.　i.i.n.da.

不過，念書的話，你比較厲害啊，這樣扯平了吧！

● track 193

ふいに なる。

夫衣你拿嚕
fu.i.ni.na.ru.
努力卻落空。

説　明

比喻付出了努力的事情，最後卻是一場空。

會話 1

Ⓐ テストが 中止に なって、勉強は ふいに なった…

貼思偷嘎　　去一吸你　拿‧貼　背嗯克優一
哇　夫衣你　拿‧他
te.su.to.ga.　chu.u.shi.ni.　na.tte.　be.n.kyo.u.
wa.　fu.i.ni.na.tta.

考試取消了，付出的努力都白廢了…

Ⓑ 仕方が ないよ、先生が 風邪を 引いたん だから。

吸咖他嘎　拿衣優　誰嗯誰衣嘎　咖賊喔　he
一他嗯　搭咖啦
shi.ka.ta.ga.　na.i.yo.　se.n.se.i.ga.　ka.ze.o.
hi.i.ta.n.　da.ka.ra.

沒辦法，因為老師感冒了嘛。

會話 2

Ⓐ 厳しい 練習を つんだ のに、負けて しまった。今までの 苦労がふいに なり、悔しい！

key遍吸一　勒嗯噓一喔　此嗯搭　no你　媽開貼
　吸媽‧他　衣媽媽爹no　哭撈一嘎　夫衣你
拿哩　哭呀吸一

ki.bi.shi.i. re.n.shu.u.o. tsu.n.da. no.ni.
　ma.ke.te. shi.ma.tta. i.ma.ma.de.no. ku.ro.
u.ga. fu.i.ni. na.ri. ku.ya.shi.i.

經過了那麼嚴格的練習，竟然輸了。付出的努力
都白廢了，真不甘心！

B 気にしないで、よくやったよ！

key你吸拿衣爹　優哭呀‧他優
ki.ni.shi.na.i.de. yo.ku.ya.tta.yo.

別在意，你已經做得很好了。

● track 194

腑に落ちない。

夫你歐漆拿衣
fu.ni.o.chi.na.i.

不能認同。

説　明

表示對於事情的結果或說法不能心服口服。

會　話

A この映画、面白かったね。

ロ no せ一嘎　歐諜吸搜咖・他內
ko.no.e.i.ga.　o.mo.shi.ra.ka.tta.ne.

這部電影，很有趣呢！

B うん、でも　最後は　ちょっと…

烏嗯　爹諜　撒衣狗哇　秋・偷
u.n.　de.mo.　sa.i.go.wa.　cho.tto.

嗯，可是最後有點…

A そうよね、あの　女が　犯人だ　というが、どうにも　腑に　落ちないなあ。

搜一優內　阿no　歐嗯拿嘎　哈嗯你嗯搭　偷衣烏嘎　兜一你諜　夫你　歐漆拿衣拿一
so.u.yo.ne.　a.no.　o.n.na.ga.　ha.n.ni.n.da.
to.i.u.ga.　do.u.ni.mo.　fu.ni.　o.chi.na.i.na.a.

對啊，那女的是犯人的事，讓人無法認同呢！

相　關

⊃ 合点が　いかない。

嘎・貼嗯嘎　衣咖拿衣
ga.tte.n.ga.　i.ka.na.i.

不能認同。

骨が折れる。

吼內嘎歐勒嚕

ho.ne.ga.o.re.ru.

十分辛苦。

説　明

比喻十分辛苦的樣子。

會　話

Ⓐ ただいま。

他搭衣媽

ta.da.i.ma.

我回來了。

Ⓑ お帰りなさい。

歐咖世哩拿搬衣

o.ka.e.ri.na.sa.i.

歡迎回來。

Ⓐ 今日は　ずいぶん　歩いて　疲れたな。

克優一哇　資衣捕嗯　阿嚕衣貼　此咖勒他拿

kyo.u.wa.　zu.i.bu.n.　a.ru.i.te.　tsu.ka.re.ta.na.

今天走了好多路，真是累。

Ⓑ 大丈夫？

搭衣糾一捕

da.i.jo.u.bu.

你還好吧？

Ⓐ ええ、年を　とると　何を　やっても　骨が　折れるねえ。

世一　偷吸喔　偷嚕偷　拿你喔　呀・貼謀　吼內嘎　歐勒嚕賽一

e.e.　to.shi.o.　to.ru.to.　na.ni.o.　ya.tte.mo.

ho.ne.ga.　o.re.ru.ne.e.

嗯，年紀大了以後，不管做什麼都很辛苦呢！

相　關

⊃ 納得 させるのに 骨が 折れる。

拿・偷哭　撒誰嚕no你　吼內嘎　歐勒嚕
na.to.ku.　sa.se.ru.no.ni.　ho.ne.ga.　o.re.ru.

為了說服對方而大費周章。

⊃ 骨が 折れる 仕事を 抱える。

吼內嘎　歐勒嚕　吸狗偷喔　咖咖せ嚕
ho.ne.ga.　o.re.ru.　shi.go.to.o.　ka.ka.e.ru.

進行著非常辛苦的工作。

水に流す。

みず　なが

咪資你拿嘎思

mi.zu.ni.na.ga.su.

一筆勾銷。

説明

將過去的恩怨都像流水一般流去，當作沒有發生。

會話

A 二人とも　仲直りしなよ。

ふたり　　　　なかなお

夫他哩偷謀　拿咖拿歐哩　吸拿優

fu.ta.ri.to.mo.　na.ka.na.o.ri.　shi.na.yo.

兩個人就和好吧！

B じゃあ、もし　大橋君が　謝ったら、僕も
水に流すよ。

おおはしくん　あやま　　ぼく
みず　なが

加一　謀吸　歐一哈吸哭嗯嘎　阿呀媽・他啦
玻哭謀　咪資你　拿嘎思優

ja.a.　mo.shi.　o.o.ha.shi.ku.n.ga.　a.ya.ma.
tta.ra.　bo.ku.mo.　mi.zu.ni.　na.ga.su.yo.

那，如果大橋向我道歉的話，恩怨就一筆勾銷。

C 常田君こそ　謝ったら、僕も　水に流す
よ！

ときたくん　　　あやま　　　ぼく　　みず　なが

偷key他哭嗯口搜　阿呀媽・他啦　玻哭謀　咪資
你　拿嘎思優

ot.ki.ta.ku.n.ko.so.　a.ya.ma.tta.ra.　bo.ku.mo.
mi.zu.ni.　na.ga.su.yo.

常田你才是，你道歉的話，我就當這件事沒發生
過。

A もう、けんかしたことは、お互い水に　流せ
ばいいのに。

たが　みず　なが

謀一　　開嗯咖吸他口偷哇　　歐他嘎衣咪資你
　　拿嘎誰巴衣－no你

mo.u.　ke.n.ka.shi.ta.ko.to.wa.　o.ta.ga.i.　mi.
zu.ni.　na.ga.se.ba.i.i.no.ni.

真是的。你們就把吵架這件事當作沒發生就好了
啊！

百も承知。

合呀哭謀休－漆
hya.ku.mo.sho.u.chi.

眾所皆知。

說　明

十分透徹的了解。

會　話

Ⓐ 女の子を　ほっといて　逃げるなんて　ひどいよ。

歐嗯拿no口喔　吼‧倫衣貼　你給嚕拿嗯貼　he兜衣優

o.n.na.no.ko.o.　ho.tto.i.te.　ni.ge.ru.na.n.te.　hi.do.i.yo.

留女孩子一個人自己逃跑真過分！

Ⓑ ごめん、怖すぎて…。僕はなんて　卑怯なんだ。

狗妹嗯　口哇思個衣貼　玻哭哇拿嗯貼　he克優－拿嗯搭

go.me.n.　ko.wa.su.gi.te.　bo.ku.na.n.te.　hi.kyo.u.na.n.da.

對不起，因為太可怕了。我真的是很懦弱。

Ⓐ あなたが　卑怯だって　ことは　みんな　百も承知よ。

阿拿他嘎　he克優－搭‧貼　口偷哇　咪嗯拿　合呀哭謀休－漆優

a.na.ta.ga.　hi.kyo.u.da.tte.　ko.to.wa.　mi.n.na.　hya.ku.mo.sho.u.chi.yo.

你很懦弱這件事，大家都很了解啊！

● track 197

Ⓑ みんな？そんな 大げさ。

咪嗯拿　搜嗯拿　歐一給撒
mi.n.na.　so.n.na.o.o.ge.sa.

大家？你也太誇張了吧！

鼻が高い。

哈拿嘎他咖衣

ha.na.ga.ta.ka.i.

引以為傲。

説　明

很得意、驕傲的樣子。

會　話

A 大学を　合格した！

搭衣嘎哭喔　狗一咖哭吸他

da.i.ga.ku.o.　go.u.ka.ku.shi.ta.

我考上大學了！

B おめでとう。新太君みたいな　孫がいて、
私も　鼻が　高いわ。

歐妹爹偷一　吸嗯他哭嗯咪他衣拿　媽狗嘎衣
貼　哇他吸謀　哈拿嘎　他咖衣哇

o.me.de.to.u.　shi.n.ta.ku.n.mi.ta.i.na.　ma.go.
ga.i.te.　wa.ta.shi.mo.ha.na.ga.　ta.ka.i.wa.

恭喜！有新太你這樣的孫子，我也引以為傲。

● track 199

ゴマをする。

狗媽喔思嚕

go.ma.o.su.ru.

拍馬屁。

説　明

為了自己的利益而拍對方馬屁。

会　話

Ⓑ お母さん　今日も　きれいだよね。

歐咖一撒嗯　克優一謀　key勒一搭優內

o.ka.a.sa.n.　kyo.u.mo.　ki.re.i.da.yo.ne.

媽媽今天也很美耶！

Ⓑ 料理も　うまいし。

溜一哩謀　烏媽衣吸

ryo.u.ri.mo.　u.ma.i.shi.

做的菜又很好吃。

Ⓐ うん、こんな　家族で　私たち　幸せよね。

烏嗯　口嗯拿　咖走哭爹　哇他吸他漆　吸阿哇
誰優內

u.n.　ko.n.na.　ka.zo.ku.de.　wa.ta.shi.ta.chi.
shi.a.wa.se.yo.ne.

嗯，能有這樣的家人，我們真是太幸福了！

Ⓒ いくら　ゴマを　すっても　旅行は　行かな
いからね。

衣哭啦　狗媽喔　思・貼謀　溜口一哇　衣咖
拿衣咖啦內

i.ku.ra.　go.ma.o.　su.tte.mo.　ryo.ko.u.wa.
i.ka.na.i.ka.ra.ne.

再怎麼拍馬屁，也不可能帶你們去旅行喔！

我的菜日文【快速學會 50 音】

超強中文發音輔助 快速記憶 50 音

最豐富的單字庫 最實用的例句集

日文 50 音立即上手

日本人最想跟你聊的 30 種話題

精選日本人聊天時最常提到的各種話題

了解日本人最想知道什麼

精選情境會話及實用短句

擴充單字及會話語庫

讓您面對各種話題，都能侃侃而談

這句日語你用對了嗎

擺脫中文思考的日文學習方式

列舉台灣人學日文最常混淆的各種用法

讓你用「對」的日文順利溝通

日本人都習慣這麼說

學了好久的日語，卻不知道…

梳頭髮該用哪個動詞？

延長線應該怎麼說？黏呼呼是哪個單字？

當耳邊風該怎麼講？

快翻開這本書，原來日本人都習慣這麼說！

這就是你要的日語文法書

同時掌握動詞變化與句型應用

最淺顯易懂的日語學習捷徑

一本書奠定日語基礎

日文單字萬用手冊

最實用的單字手冊

生活單字迅速查詢

輕鬆充實日文字彙

超實用的商業日文 E-mail

10 分中搞定商業 E-mail

中日對照 E-mail 範本 讓你立即就可應用

不小心就學會日語

最適合初學者的日語文法書

一看就懂得學習方式

循序漸進攻略日語文法

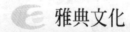